Non est ad astra mollis e terris via

這並非星辰與大陸之間的坦途。

Per aspera ad astra

以此旅途，直達繁星。

——拉丁文諺語

過去不曾昂首前望
是天空中發出的鋒芒
叫我相信萬物涅盤後會有微光
群星閃爍
似是宇宙一封封未讀的來信
提醒你要抬頭 往夜空奔跑
溫柔地拆開
一生未知的答案

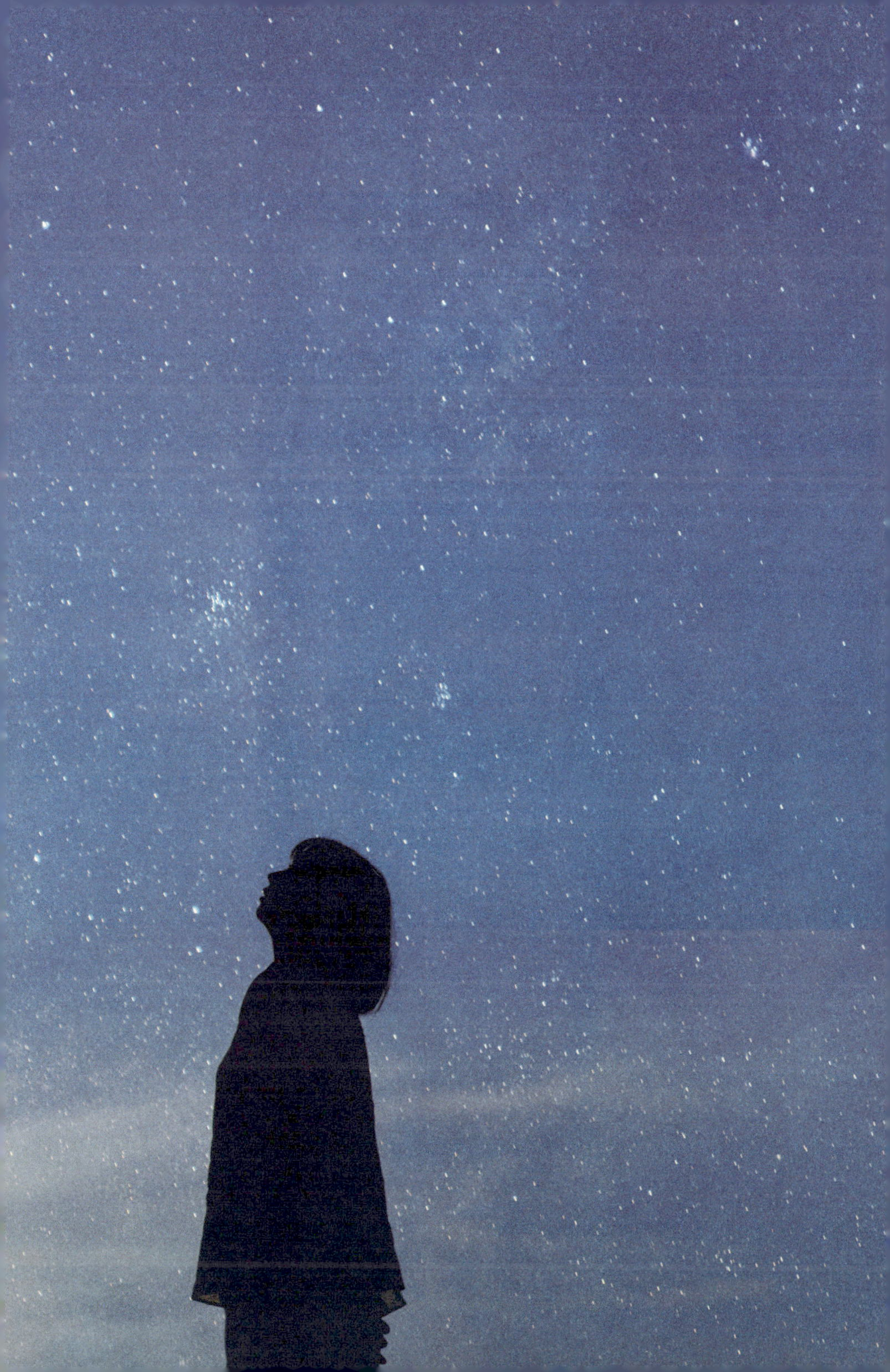

無論我們一起生活，一起旅行，一起變老，
有些視角都是永遠無法共享的。

那是生而爲人的孤獨，亦是一個人的狂歡。

原來這一生的顛沛流離，
有時只是你不敢走出自己的雨區。

他們說時間的本質是一個圓形，我是願意相信的。
那麼只要我一直走下去，大概有一天、總有一天，
便能夠與你在記憶中重逢。

UMINE 2
JR 新宿駅
LUMINE 2

界へ。イ
あったらいいなが
アートのサービス!
築地
Tsukiji
汐留
Shiodome
481
15 川崎
Kawasaki
品川
Shinagawa
15 川崎
Kawasaki
品川

「學會愛人之前，總要先說不。」

向那些你說不，向與你的內在失聯的人說不。

因為愛的本質不是接受一個人，

而是為了那個人，你甘願拒絕全世界。

此生皆旅途，我的目的地，是被我喜歡的自己。

願你此生
終抵繁星

伊芙 Evelyn

目錄

宇宙向駛往深淵的你閃爍

輯一／

輯二／一疊沒有郵戳的信

飛往回憶中的錨

輯三／

我望向星辰大海

輯四／

輯一／

宇宙向駛往深淵的你閃爍

此生走過太多旅途

人若愛過什麼

什麼就變得破碎

疾病 分離 戰火 災禍

但是夜幕終會降臨

你要記得抬頭看看繁星

那是宇宙為你閃爍的證據

慢慢地變舊

許多次都慶幸自己是活在這個時代，網路已生長成一片容納百川的大海，許多記憶中遺失的碎片都能從中打撈出來，我一次又一次，重遇遺失在歲月中的自己。

小時候電視上看的動畫片大多只播放一遍，那些只要錯過了便無法得知的結局與不可重溫的細節，只能在日後的回憶裡影影綽綽地浮現。還有許多被人海與塵埃掩蓋了的歌曲，在舊時光裡一旦放手，便真的就此失聯。

大概是從十年前開始，發現網路平台上有人會分享一些舊劇集或者是高清修復的動畫片段，不知是不是年代久遠、商業利益銳減的關係，它們並沒有被移除，我開始能夠在網路上重新尋回小時候匆匆一瞥的精采回憶。

當記憶溯洄，就像是時間穿越，你從時間的盡頭一下子往前飛越這麼多年的滄海，回到了那個蟬鳴不止的下午天。你看見小小的自己穿著校服，吃著那間早已倒閉的快餐店的熱狗，聚精會神地注視那台占了不少位置的箱型電視機。

小小的她看不見你，而你看清了她往後的餘生。

陪著她，你再一次地看到了那些電視上的畫面，那些片段牽引著大腦深處某一隅的震動，最終抖落了記憶上的灰塵，露出了殘缺的印象。

當新舊的畫面完全重疊的那刻，就像是失明的人重拾了空白的色彩，缺了一塊的拼圖終於歸位，彌補了時光中的留白。

你才知道自己原來看過的畫面不會消失，你只是忘記將它們放到哪個角落而已。

遇過的人與事，多稀碎也好，請相信它們一直都在。

在你的體內，在你的腦海，在其他人的回憶中。

總有一天世界會讓你們重逢。

當一個人有意識地生活二十多年，必然會感覺到時代的隔閡。縱使自己會努力追上時代的潮流去學習，但一部分的靈魂還是會棲息在那個少年時代，固執地喜歡那些過時的歌曲與電影，記得不便的童年曾經是如何取樂。並不是說自己待過那個年代就是最好的，但是最清楚那個年代的光輝及樂趣的，亦只有真正經歷過的我們。

老實說我不介意變老，也不介意被人喚作姐姐或阿姨。「老」只是一個相對的形容詞，十多歲的青年也可以被三歲小孩說「老」。以前我覺得零零後很年輕，最近聽到零零後說覺得自己很老了，不免有種恍如隔世之感。

我學會享受老的感覺，喜歡後來的餘裕與鬆弛。是因為擁有與失去過，所以見怪不怪。

在餘生中不斷看見流行的輪迴，重新興起過去各種經典，以前沒有能力擁有的產品現在可以輕鬆購入不同色號，這些都是老去途中的幸福感。

有時看到年輕人對我熟悉的舊事物（比如磁帶片，MP3）感到完全陌生或好奇，也會對這份疑惑感到有趣。我們先來到這個世界，自然比後來的人見證過更多事物與科技的雛形，明白簡陋的快樂，也是一種快樂。

最近開始收集舊的絕版書與漫畫，雖然市面上有新版，但還是喜歡舊版的設計、間距和字體，那些細微的差異，使現在有能力選擇的我也變得不可將就。

朋友說不可太過念舊，會被人嘲笑。我搖搖頭。

——其實不是我偏愛舊的東西，只是，我愛的東西變舊了而已。

人亦是這樣。

還是喜歡有實體按鈕的機器，喜歡可以觸摸與試穿的衣服，喜歡熱感紙的收據與票根，喜歡可以立即見面的戀人，喜歡和我一起變老的你們。

痕跡存在的意義並不是為了標記任何事物的衰老，而是提醒自己，有這麼一件事物、一個人陪你走過漫漫時光。而站在這裡回顧這份斑駁的你，是那樣的堅強和勇敢。

走過那麼多，才可以擁有那些海量般的回憶、閱歷與勇氣，然後看淡生離與死別。到最後時光已鈍，我還是會記得初遇時那些閃爍得銳心的衝動。

致那些我愛的事物，我愛的人啊：

到有一天我兩鬢白髮，你們在我心底裡，還是會如初見那般年輕。

然後在夢裡，讓我們再相遇多一遍，千千萬萬遍。

你是時間本身

人愈大，對時間的態度更多的是無視。

無視年紀，無視月曆上的年分，無視生活裡大片被壓扁的平凡。

二三年一個人獨處的時間很多。和當時仍是男友的丈夫搬進了新的屋子，即將賦予彼此新的關係與目標。但因為生活所催，這幾個月來他不斷飛行，我也不停地往遠方飛去。

我們都是習慣離開和獨處的人，當然說不上難過，只是這些時間仍然像極了LINE或WhatsApp中對方誤按下的錄音一樣，面對冗長的音軌，你會想跳過，卻唯恐下一秒就會有一句重要的對話，於是只能一次又一次地將它們拾起、點開，播放生活中所有的沉默，聽出喧鬧的底噪聲音。

最近經常在想一個問題：到底是一個人的時間過得快點，還是兩個人在一起，時間會過得更快呢？

我自己覺得是一個人的時間。比如飛去紐約有四天的滯在時間，我卻好像只過了兩天，其餘的分秒都在日夜顛倒的睡眠與發呆中度過。我像在被窩中一隻冬眠的動物，用僵硬而靜謐的身軀見證白日裡整個城市不息的騷動。

然而每次回到熟悉的家，我又覺得自己是在浪費時間。

因為時間是什麼呢。

時間是一個人的生命。

那天在東京與一個好友見面，他被疾病折磨已久，笑著對我說，如果可以，真想無痛地中止自己的時間。他確切地告訴我所有他已知而合法的方法。

換作是以前的我大概會鼓勵對方，說不要放棄只要活下去便有奇蹟發生云云。

但是人只要腳踏實地地活過，便知道我們誰都無法以自己的幸運去量度他人的不幸——尤其當你無法將自己的幸運分給別人，也無法替別人承受他自身的痛苦，那麼滿溢而無用的善意只是在虛擲善良——擊在對方身上的，卻是無比真實的傷害。

親愛的，時間真的過得好快啊，但與其說時間流動就是生命的逝去，我會覺得，生命的證據同時也在不斷增加。

自出生起，我們都在靠近逝去。

時間無法停息，它若流動，便必然會把你推向未知的未來，那裡有的是苦難，有的是喜樂，更多的是無法界定的平凡日常，而你都會一一見證，這個過程便叫生命。

我還是自私地希望你我的生命都是依然流動的，而每一天，都有一些小小的瞬間與念想，讓你願意留下更多活過的證據。

時間公平地給予我們一個壞消息和好消息。那就是：生命中的狂喜與哀號，都會來臨的，然後過去。

有多少個被歡樂包圍的瞬間，可能也就有更多被悲傷擊退的機會。走了這麼遠，你當然可以選擇停下來不走，但放棄的機會每人都只有一次，而無論你想或不想，塵埃落定的那一天都必會到來。

你擁有那麼多活過的證據，那都是你和愛你的人的回憶，可能你並不察覺，

對我們來說——

親愛的，你便是時間本身。

我應得的寂寞

那天在IG上開玩笑說我和丈夫就像「室友」，白天有各自的忙碌，晚上只有幾個小時能夠說話。趕寫稿的日子更甚，我可以連週末也足不出戶，目送他去異國獨自拍照、旅行。

有人用有趣的方式解讀我這句話，試探問我們的感情是否出現了裂痕，我感到冤枉。這只是一個比喻，展現我們一天相處時間之短。只是長短也好，這都是我們尊重彼此以後作出的選擇。

每對伴侶都有自己的模式，我是那種不喜歡出門、更願意在家中感受世界的人，他是那種必須要出門才能用眼睛和相機記錄這個世界的人。我需要獨處一屋的寧靜，他需要燦爛世界的光影，他害怕打擾我的靈感，而我鍾愛他源源不絕的動力。我們在情感上和生活上都互相需要。

但如果有寂寞在這種生活中醞釀，也是理所當然的。

寂寞是我應得的禮物，而不是懲罰。我一直都這樣覺得。

我行事沒有太大邏輯，只依靠良知和情感在維持自我，這樣的結果是我沒有太大的毅力或野心，也很易受環境影響。

外面溫度太冷或太熱時我會容易疲倦，沒有終點的旅行叫我恐懼，繁複的程序與虛偽的談話都使我厭倦。在人群中有時我會感到熱鬧，但遇到不同頻的人也會想要逃離。我，真的是個很慢熱又敏感的人，慶幸總是被熱情得恰到好處的人包圍，即使隔著自我保護的薄膜，他們還是不嫌其煩地拾起我、拆開我，擁抱我。

所以丈夫說我是溫室內的植物，我的溫暖需要大量時間的沉澱與栽培。如果不是工作需要我出門或出國的話，我願意待在家中平靜地過，整理閱讀書本或網路上的資訊。我會慶幸這個年代有太多的故事可以看，有無盡的知識尚待發掘。

沒有言語可以代辯我和自己的對話，除了寂寞的書寫。

我渴望，同時需要這樣的時間。即使有時不過只是虛擲時光，那都是值得的。

小小的寂寞是種小小的幸福。能夠讓我感受自己的世界，看清靈魂的輪廓，後來也就愈發了解自己是個怎樣的人，不容易被世間的言論帶偏，所以能夠攢下勇氣接受這樣的自己，不會討厭。這十年來我好像從來沒懷疑過或怨恨過自己，同時相信自己是值得被愛的存在，這些都是與寂寞共存以後才能做到的事。

我想，寂寞就是我應得的禮物。

我知道自己是個幸運的人，有能力選擇寂寞以怎樣的形式到訪。將它們壓鑄為靈感，痛苦用看似繾綣的詞彙雕刻，寫下來以後成為一種足以抵擋風霜的美麗。

有時也會努力扮演一個比自己想像中更為勇敢的人，修改那些狼狽又荒謬的過往，但回過神來會發現，自己真的如筆下那樣，慢慢找到了成長的道路，像向陽而生的藤蔓，亦像終於被沖上陸地的瓶中信。

感性的人容易感到寂寞，但感到寂寞就好了，正是我活著的證據。悲痛、自私、怯懦、憤慨、妒忌、麻木都好，這些都是珍貴的情緒。

有時我們不用躲避，只需找一個安全的地方，慢慢將它們拆開，慢慢地承受。

有情，所以才有感，寂寞與歡樂，那都是我們應得的禮物。

言靈

現實中我是個話少的人，想說的話都留給了文字，常常因為不想草率表達而索性在人群中間歇性失語。寫作容許我花上大量時間梳理和修飾，使我在腦內便耗盡了言辭。到最後將許多感受寫下過了，也就沒有了訴說的必要。

但是言語自有它的魅力，甚至我相信語言是有力量的，說出口的話會有一種魔法——善意灑上一些微甜的天真就會變成祝願，衝口而出的埋怨沾上一些惡意便會成為詛咒。我總是覺得它們化成了未來的福報或業障，總有這麼一句會落在人生的天秤上，擾亂未來那麼一點點關鍵的平均。

曾經看過一個單元劇，裡面所有人的言論都會化作可視的文字，當人們能夠具現化地看到自己言論中使用過的詞彙，竟然就會主動減低傷害別人的意欲。

又有植物學家做過一個實驗，在同一個室內種下兩批花朵的種子，研究人員每天對批次A的花朵們進行讚美，對批次B則不說話，同時如常灌水及施肥。結果普遍是批次A的花朵開得更加燦爛。

「你說怎樣的話語，終究暗示或指引了你是怎樣的人。」

喜歡抱怨的人自然是更容易留意到生活中的惡意與慘況，這種苦澀的話語又會污染面對生活時的心境，這種算是惡言對自己的間接傷害。

許多時候都是不察覺的，但是言語會有一種自我暗示，說出口的話除了代表潛意識的心態，也會對內心造成迴響。因此我經常對自己說：「沒關係的，都會好的。你是一個幸運的人。」

那些話語或許都不會成真，但起碼自己的心會有一種安慰，被溫暖又毛茸茸的言語包圍，生活上各種皺摺被輕聲撫平，然後抬頭，以朝向明天的姿勢繼續迎戰。

或許我們每個人都是一個魔法師，當世界對我們殘忍，平凡的我還是可以選擇用溫柔的咒語，守護自己千千萬萬遍。

每一次說話，都是在許願，像是在向宇宙深處許願，又似是向未來的自己許一個貫徹餘生的願望——

願你出走半生，沿途皆是溫熱。

只換不修

曾經做過一份辦公室的管理工作，要負責處理場地內設施的日常管理和保養，大至空調系統，小至換燈泡，基本上都是由我負責。入職當天主管給了我一張清單，上面寫滿了各種設備的維修電話，被我視為急救手冊收藏。

當時公司一樓的接待處有幾張米白色單人沙發，已開始發黃。有一天有人將咖啡打翻在沙發上了，主管沉著臉叫我找人來清理：「順帶將其他幾張沙發一併清洗了吧。」

我連忙打開我的急救清單，按照上面的電話逐間去查問報價。普通的清洗還算容易處理，但是咖啡污跡已深入沙發的布料，單是清潔那張沙發便要索價一千港幣，還無法保證能完全將污跡清除，因此主管駁回了我的費用申請。

幾番轉折下，我找到了一間家具店，他們說可以嘗試將沙發坐墊那一部分的布料裁剪下來，再換上一塊新的。這樣可以確保污跡徹底消失，然而價格也比普通清洗的費用更高。

我告訴主管這個方法，他說要考慮一下才能決定，同時叫我繼續多找幾個後備方案。主管常常都會使出這種招數：未到最逼不得已的時候，他都不肯痛快下決定，只為求激發我的「潛能」，看看我能努力到哪一步。

其他幾個同事看到我為了那幾張平常根本不會在意的沙發凳傷腦筋，不禁問：「為什麼不索性換成新的且又不易髒的沙發呢。」

後來，我再打電話給家具店詢問價格能不能再便宜點，店員說真的十分困難：「小姐，現在都是只換不修的年代了，修理一件產品的利潤不大，本來願意接維修單的商家就不多呀。」

我並沒有再爭取砍價。

因為當我聽到「只換不修」這一句，便覺得對方和我同事都抱著同一種想法：為什麼要為了一件沒有價值又已經損毀的舊物大費周章呢？

好像我的努力同樣沒有價值，更顯得這麼努力的我像個傻子。

「舊了的東西，丟了不就好了？」

最可怕的是，我心底其實也是這樣想的。

我也一直這樣做。

成年後除了幾件電子產品與大型電器，好像真的沒有嘗試要修理和挽救什麼。什麼東西壞了、髒了，我都能夠狠心地丟掉它。如果有需要，再買一個同款的就行。

第二次購買，甚至比第一次便宜，或是找到更新、更方便的設計。要是真的遇到十分喜歡的東西，我還試過一併購入兩件，這樣萬一髒了或者是洗舊了，我都能立即換上後備。

那種從頭開始的快意，容易讓人產生一種生活隨時都能輕易重來的錯覺。

既然可以隨時替換，便不會太在意一件物品的耐用性。足夠便宜，就不會尤其珍惜。同時因為一開始質量不高，就更容易折舊和損毀。

這是負的循環。是一開始便準備好拋棄的循環。這種循環形成了生活中的割裂感，我們再沒有什麼，是可以長存的。

人與人之間，不也是這樣嗎？

因為害怕真正失去，就隨便找一些失去也不會過分心痛的對象。當這段關係出現裂痕，比起花時間溝通抑或找出原因，人還是傾向逃避，然後以性格不合為由告別這段關係。

戀愛和親情都是如此吧。血緣關係無法改變，卻總是可以逃避。有多少子女看到父母開始老邁，心中不願照顧，在經濟和陪伴上又無能為力，於是以忙碌生活和自己新家庭做藉口，遠離那個身體逐漸遲緩的老人。

或許不是人類失去了修補的能力，而是我們，終究失去了接受事物殘舊的勇氣。

—— ✦ ——

C上個禮拜對我說，他又要分手了。他每段戀愛的時長都不會超過兩年。他曾說過，超過兩年後要放棄的機會成本就太大，他不會在不適合的人身上花超過兩年的時間。

這句話像個魔咒，結果他遇上的全是不適合的人。

我沒有對他說出解開這個魔咒的咒語：「你要明白，世界上所有人都是不合適的。」

一開始看似完美的人，都會有隨著時光而變質的一天。人和物件不同，物件在出廠那一刻能夠完美無瑕，人在相遇的瞬間，卻已經盡是缺陷。

列夫·托爾斯泰寫過一句話：「每個人都會有缺陷，就像那個被上帝咬過的蘋果，有的人缺陷比較大，是因為上帝特別喜歡他的芬芳。」

人類滿是缺陷，才會想找另一個人來填滿那些無底的空洞與生命中的闕如。

「萬物皆有裂痕，陽光才能照進來。」

我想，缺陷其實是靈魂的出口，亦是我們尋找愛的理由。

我們不斷丟掉那些殘缺的事物，都是想拼湊出光鮮亮麗的生活，和活在其中那個煥然一新的自己。

然而都只是徒勞，我們丟得再多，無法遺棄的，永遠是那個破爛的自己。

我曾經在IG上看到一間布偶修復店。點進去它的主頁，會看見無數個殘舊變髒的布偶被修復的前後對比圖，有一個布偶年齡可能比我還大，乾癟又發黑，要修好它，便需要將它剖開，掏出裡面的棉花全面更換，外面的毛絨材質要用蒸汽機好好清潔，如果垢跡無法去除，便要好像那張沙發一樣換上新的皮膚。

有人留言問：這個差不多更換了全部部件的布偶，還是原來的那個布偶嗎？

店主回應：「只要物主喜歡的心和回憶不變，這個布偶也是不變的喔。」

便突然有種溫暖得要哽咽的感覺。

如果陪伴可以看得見，那麼物件的殘舊，其實是因為它們替你抵擋了那麼多的風霜。那是你們共同成長的痕跡。我們一起變舊，一起變老，也一起變得更好。

春天在京都，走進了一間「金継ぎ」的陶瓷店，金繼即是將破碎的陶瓷器具以樹液為原料的膠水黏合，再用金箔或金線敷在裂痕之上的藝術。在那一件件損裂的器皿之上，金光燦爛的線條似是涓涓流淌的河水，漱流至裂縫之間，凝住了時光，停止了遺憾，全都變成了流金溢彩的美麗。

那一刻，我第一次覺得，有裂痕的東西真的更美，那是新的、也是生的花紋。

所有願意修補的人，都一定擁有一雙從頹垣看出美好的溫柔眼睛。

——✦——

那一年最後在那間公司做了不久便辭職了，一個月後因為要歸還員工物品，再次來到接待處，發現那張白色沙發已經不在，全換成了黑色皮質的沙發。

瞬間覺得有點可笑，又覺得有點合理。

剛好碰到了舊同事，我問那幾張舊沙發到最後為什麼沒有清洗，他直說：「因為你走了以後，再沒有人肯花時間研究要怎樣清洗那張舊沙發啊。每次主管追問，所有人都糊弄過去。最後是又有客人的孩子弄污了另一張沙發，主管便索性全換成新的了。」

我點點頭。

交還了所有有關公司的文件，註銷了系統內的帳號和電郵，我正式離職。

走出公司的那一刻，我突然明白，為什麼當初會拚盡全力去修理那張染上污跡的沙發。

因為它們都沒有錯。

被傷害被弄髒的東西沒有錯，被生活摧殘的我也沒有錯，憑什麼要輕易放棄和被放棄。只換不修，蔑視了物件的價值，同時輕視了我們每個人的能力。

那張沙發最後還是被移出了那個狹窄的房間，我最後也離開了那個不適合我的地方。

人比起物件還是更幸運的，至少我們有能力選擇自己的方向。

到了今天，我依然身攜污跡與傷痕，連同那些支離破碎和不堪入目的人生，我都不想丟棄。當你願意拼湊上新的零件，面對它，接受它，修補會將世上的不完美都變成獨一無二的美麗。

我永遠願意相信，生命中所有的不美好都是如此美好。

有一個人，或者是更多人會願意對我說：

我愛你的破碎，勝過你的完美。

行駛

最近發現駕駛執照快過期了，香港的駕照是一張小小的過膠[1]卡片，並沒有什麼存在感，只有上面的日期簡陋地提示著，原來我已掠過十年的路面與時光。

老實說我並不熱愛駕駛，這個行為需要全神貫注，而我更享受坐在車上發呆。但成年後總希望擁有逃離的能力，就像是自由的序章，你能不受時間和距離所限，跳出社會和資本定好的列車時間表，到達你想去的地方，去見想見的人。

或者有時，純粹是想要擁有一個個人空間，在這個幾平方米的空間內沒有目的地前進，遠離那些愛與其附生的責任，享受抵達以前的時間。

在香港，日間駕駛是種折磨，在晚間前行卻是種享受。

1. 類似台灣的「護貝」。

晚上穿過蜿蜒的高架橋上一支又一支的路燈，在鵝黃的燈光包圍下不停加速，掠過外面忽明忽暗的世界，彷彿在走過某種生物一排又一排堅固的肋骨，那一下又一下的明亮，就像是這個城市的心臟正因為當下的飛馳而一同默默地躍動。

這些年來與伴侶亦在行駛的路途上遇見過許多景色，也因而有不同的遭遇。

在美國的公路上奔馳趕路，有些地方沒有路燈，於是只能從反光路標上看見車頭燈微弱的反射光，驚心動魄地前進。穿越杳無人煙的山谷，目睹月亮在黯紫色的沙漠上緩緩升起，百里無人，好像細心傾聽就能聽到月亮攀爬的聲音。

從洛杉磯往拉斯維加斯的路上遇上大塞車，看著前方不遠的城市燈火通明，我卻只能匍匐前行，幾十公里的距離像是走了半生。

在南法尼斯被人打破車窗偷走了財物，第一次在國外報警求助。義大利西西里島的陶爾米納屹立在懸崖之上，爬山的車途中可以盡情眺望愛奧尼亞海，卻是個不斷有貓被車撞死的城市。

每段路途，都是容許我們更靠近世界的一種方法。

行駛帶給過我們許多好的壞的體驗，它未必將我們帶去一個更好的地方。但是從不斷往後的後視窗中瞥見自己專注的倒影。彷彿在遠離與抵達之間只要再快一點，背後的悲傷就捉不住自己——只要永遠前進，總是能將那些想要拋棄的人生一一路過。

你在何處

丈夫說下雨的好處是不用洗車子，後來被我拆穿他這個自欺欺人的說法。香港的雨，大概混合了灰塵和濕氣，打在光滑的車膜上會留下灰白的水跡，乾了以後只會顯得更髒。

下雨被困在家中，手機上朋友傳來一個旅客批評香港的帖文，大意是說香港本地人疑似歧視旅客，聽不懂普通話，又不准客人在餐廳內進食外來的食物，態度惡劣。

朋友說這不很正常嗎，一直都不可以帶其他店的飲料和食物呀。我說，好像在某些地方是默許客人攜帶其他飲料的，只要在當店有消費就可以，不過香港的確沒有這個習慣。香港的店租天價，故此要追求更快的翻桌率和更高的消費額，自然不允許有這種習慣。

而語言問題的確是個有趣現象。有趣在於每個人的經歷是不一樣的，供詞亦不一：我自己能聽得懂普通話，但說話會有口音，也有許多不確定如何發音的單詞。我父母是不會說普通話的，聽的時候也只能靠猜。但是亦有人說，見過香港有普通話流利的店員，不懂為什麼其他人會聽不懂，一定是他們假裝不會說。

種種事實都確實客觀地存在，在同一個香港。

在二〇二四年的香港，這些大概都是逐漸變成常態的事。這十年來在路上有時會看見用流利普通話交流的學生們，周圍逐漸加上簡體字的標語，與我的記憶截然不同，又逐漸變成新的事實，成為某些人舊的回憶。這個城市一直在湧進不同的人與他們的記憶，他們帶來的觀念與過去根植已久的習俗發生衝突。

人要麼變得善忘，要麼活在自己記憶中的烏托邦。

那些記憶力很好而又念舊的人，長壽的話會很痛苦。所以老後健忘可能是上帝賜給人類的禮物。

這個城市就像初戀，已有新的人，也一直會有更新的舊人。討厭和喜歡都被更偉大堂皇的理由所包裝，說著祝福之詞的人奔跑在地面上為未來而建設，心中幽暗的怨念，則匯合成不可逆轉時光的流水往地下更深更暗的河川流去。

其實，從生命中第一次與同學發生爭執而需要向老師報告開始，你會發現這個世界上關於同一件事，可以有不同的陳述，不同的視角，形成不同的看法。

一個城市和裡面每個人都像一疊疊寫滿了的紙一樣，被釘書機反覆地釘壓，每當有新的描述就往身體上釘，漸漸沉重，漸漸帶著繁多的釘孔。隨便打開其中一頁，都的確是本體的一部分，所有事實都是正確的，但是被看到的方式與因而產生的觀念卻沒有正錯之分。所以你喜歡和討厭，都是沒有錯的，也不必看輕或看重別人的喜歡或厭惡。

想起曾經在網路上被一名網友點名說我說謊，說我曾說自己在大學是唸中文教育系的，後來又說是日本研究系，一時說自己日語能力試驗有N2，一時又說N1，說法不一，前後矛盾。

我只能無奈地回應：因為大學不只一年，我的人生也在不同選擇中輾轉流連。當時的我幸運地擁有試錯的本錢和成長的機會，正在大一修讀雙學位（中文系及教育系的雙學位課程）的我，發現教育系的確不適合自己，所以第一個學期完結前便決定轉系，翌年成功如願。至於N2、N1，考完前者才考後者，對於尋找實習的大學生來說是一個十分合理又保險的做法。

後來我發現，人看人總是只能在須臾之間接受一個片面的人設，而不願相信那個人是立體的，自有他的過去和未來，亦自然有太多無法被理解的細節。每個人都在時代的洪流中，與他人隻字片語下的逆流對抗，從沒想過存在本身已是一種桎梏。

我們都出現在他人的回憶裡過，因而營造出不同的記敘。

如果有人從不接觸真實的我，只透過無數個他人的敘事來認識我，而我足不出戶亦無意澄清，那麼「我」還是真的我嗎？那個人口中的我又是真的我嗎？我們都同時出現在同一個時空，被相信著的大多數，就是事實嗎？

在這個歷史選擇性地被記錄，以及人工智能貪婪地學習與產出的年代，我意識到每個人都是虛假的，包括你眼中的我都是杜撰出來的形象。只有你自己知道「自己」是真實的，就好。

我漸漸地認識到，喜歡的詩人、作家、畫家和音樂家，都在不同的敘事下有不同的人格。身為思想家、教育家的盧梭寫下《懺悔錄》，然而他將與情人所生的五個兒女全部送到孤兒院，原因是因為他害怕無法養育兒女，亦害怕撫養孩子會讓他失去寫作的靈感與自由。從這個舉動來看他似乎從不懺悔，也從不改正。後世的讀者說尼采狂妄而充滿激情，有強烈的批判精神，但作家茨威格在他的著作《人類群星閃耀時》中寫道，他所知的尼采是一個微駝著背，不願社交，羞怯又痛苦的人；同時書中辭措冷靜，洞悉一切的茨威格，最終也走上了與妻子服毒自殺的命運。

那便更不用說我人生中喜歡過的偶像與歌手了。我單方面喜歡他們呈現出來的形象，後來的他們走出了我狹窄的青春，做出的種種行徑與我的期望不符，於是我自己決定將他們驅逐。我沒有勇氣接受一個人後來的全部，亦沒有權利叫對方依據我的期待而活下去，這種片面的喜歡，不過是對雙方的傷害。

在人生中無數短暫的交流之中，我們只能窺看對方切割後的一面，擷取願意相信的切片，然後醃漬在記憶中，反覆咀嚼果腹。

喜歡某個人，在某程度上是件自私的事情。因為每個人都只是從對方身上各取所需，相信他所看到和想看到的事物與解釋。這種自私沒有對錯，只要你明白這種真實是只對自己有效的，而不是成為捆綁任何人的藉口。

一個故事有始有終，但是一個城市沒有；一個人有生有死，但是他的思想沒有。

後來我不再介意自己被如何地理解或解剖，只想拚力地記錄更多的想法。多麼幸運地，閱讀我文字的人總比生命中我親身接觸過的人還多，我為能夠提供一些人需要的情緒價值感到榮幸。

致親愛又素未謀面的你啊，希望多年以後看到這裡的你能夠釋懷——你永遠都不是父母口中的你，不是朋友眼中的你，不是愛人理想中的你。你雖然也活在部分人的幻想裡，但是真實的你，鮮明地、真摯地，存在於每個你由心而發的行動，甚至你自己略帶錯亂的敘事之中。

從頭到尾，只有你，才能見證與擁有全部的自己。

I see you

有時會羨慕英語的語境和文化，語言的甬道透明而簡潔，容許人將愛意那樣平常又自然地訴說出口。一句Love you就像How are you一樣，其實不求回覆，聽見的人不用按照教科書上那般生硬又鄭重去回答，只是輕鬆地回應一句love you too或者good，便十分足夠。

對我來說，英語中的「我愛你」是一種自我確認與提醒，確認現在我的心是朝向你的，是被你占滿的狀態，想讓你知道你是被人惦記著的。那些情感未必是愛情的愛，也可以是友誼的愛、親情的愛——我想將我的愛意當成祝福送給你，親愛的，願你有美好的一天。

相反在中文的言語環境裡，說愛似乎是一種禁忌。父母對孩子、甚至是夫妻之間，不是每個人都能容易將它訴說出口，太矯情了，太裸露了。愛在潛意識中似乎是柔弱的，有種從屬的關係。

「我愛你」，彷似就是在向一個人臣服。就算真正愛著一個人，都未必能在他人面前將它坦露。

愛，雖然是那麼珍貴的一回事，我們的語言卻為它加上了矜貴的枷鎖。

最近看到電視劇《我的阿勒泰》裡面提及，哈薩克文化中人們相信「喜歡」的產生是源於兩個人彼此之間的凝視，是因為冥冥中被命中注定的你看見了，愛意才漸漸萌芽。因此在哈薩克語裡面，我喜歡你，同時有「我清楚地看見你」的意思。

巧合地，電影《阿凡達》也有類似的念想。潘朵拉星球上人互相問候時會說I see you，除了有物理上確切地看到了對方的意思，還是在表達我理解你，我尊重你的存在。男女主角最後互訴愛意，亦是彼此交換一句I see you——

我看見你的靈魂，我感受你，接受你，珍惜你。

我喜歡「我看見你」這句話的含意，喜歡它的簡潔，遠勝於「我愛你」中包含的偉大的敘事。恰恰是這份直白與普通，象徵著我這份愛意是如此理所當然。斗轉星移，朝朝暮暮，我都願意對你說千千萬萬遍。

我看見你了。

——愛便是長久的凝視。

是兩個人深情的對視，也可以是一個人隔著時空的遙望。

在宇宙橫跨千億的星海與人海中，我看見你了。

我看見你痛苦地躑躅，看見你張揚的美麗，看見你繁冗的過去與未來。

看見你鮮艷的靈魂，看見你沸騰的熱情，看見你不凡的寂寞。

我看見你此時此刻，或是在某個時空中，亦看到了我。

在這個驚濤駭浪又滿布硝煙彈雨的世界中，我依然堅持睜開雙眼，一次又一次地尋找你，定位你。這一生千萬次的回眸裡，命運未必對我們應聲，結局可能沒有我們的位置——

只是在這一刻，我們凝視彼此，在一眼萬年中穿越一生的喜與悲。

造神

愛的起點，是一個造神的過程。

你對祂虔誠——將祂放至心中最深處的地方，向祂祈禱，信服祂對你下的預言和約定。這些神聖的回音在你心壁中迴盪、碰撞，使你感受到愛溫柔的觸摸。那些愛是一種不受他人打擾的交流，每個人與他的神以靈魂相撞，你做的一切坦露於祂面前，有赤裸裸的羞澀，也有一種追求已久的赤誠。

但後來你會發現，愛的過程，就是一個毀神的過程。

你在順從中漸漸意識到對方的污點，知道祂聖體下的傷痕不會癒合——他給出的道理無法支撐生活中各種缺漏，你便會逐漸懷疑彼此過去受過苦難的意義，下一刻又要被背叛信仰的罪疚感重擊。

你絕望地發現，愛不是全能的，你們還是會受傷，會不幸，你們的愛不是萬中無一的，只能與他人一樣接受命運的翻湧。

但原來，這個世上沒有神跡。

真正的愛，不是造神也不毀神，你不用復活，毋須覺悟或重生。

愛，只是我抱住兩個滿身瘡痍的靈魂，甘願一起在這人間渡劫浮沉的過程。

愛不會將我變成神，我們都不可能是神。

因為神愛世人，而我只愛你。

到了你懂得愛人的那一天，請記得，是我的愛填充了你的蒼白。

以愛之名——

永遠會有一個小小的我，被困在你的過去裡，

全能地愛著你。

關係

人接近三十歲，甚至更早，便會對「關係」有新的領悟。

能天天在一起的人不一定是摯友，曾經走在一起的人未來也不一定會記起這份親密。唯一能夠確定的是，只要我們還活著，便一定會有所改變：變得敏感、變得沉默、變得現實、變得溫柔、變得堅強。

在那些你我相繼缺席的生命裡，我不是那個讓你改變的理由，卻不代表我無法理解你改變的意義。

你和我就像兩條笨拙的毛毛蟲：為了有一天能夠蛻變成蝴蝶，蜷縮在自己的繭內無法相見。終於有一天，我掙脫出那個迷霧般的囚牢，悠悠地在空中拍翼，回頭看見你脫下的繭，知道你也已經飛走了。

——如今的我們都能夠飛翔，卻認不出彼此的模樣。

說得更具體些，是我明明能看見你生活的痕跡，卻找不到飛往你的方向。

現在的你之於我，是既熟悉又陌生的人。對，「很熟悉的陌生人」，這便是我和你現在的關係。

成年後許多的關係，都像是這樣：

可以盡情地目睹，卻早已失去陪伴的資格。

但我想，被書寫過的文字、交付過的真心，以及曾一起度過的時間都是真實的。我們都不曾欺騙當時的自己。即使我們現在的親密，是為了未來裡那些未知的分離。

我願做你最有力的弓，將你遠遠地射出去——你唯一能答應我的，便是做一支最颯爽的箭，前行遠方。

如果你和我改變的代價就是彼此的遠離，那麼親愛的，請往沒有我的方向，再飛遠一點點。

他們說時間的本質是一個圓形，我是願意相信的。

那麼只要我一直走下去，大概有一天、總有一天，便能夠與你在記憶中重逢。

FAQ

如果你也跟我一樣身處必須與人交流的行業，你大概也擁有屬於自己的一套問與答。比如我的朋友身高176cm，她隨身攜帶的「問與答」就是：

Q：「你這麼高是遺傳吧，父母是不是都很高？」A：「不是，普通身高吧。」

Q：「找男朋友有沒有壓力？」A：「從來沒有。」

Q：「平時會穿高跟鞋嗎？」A：「想穿就穿啊。」

有一次她笑說，對方還未問下一題，自己卻已經將答案背誦了出來，讓對方一臉懵懂。

當自己有一個特徵，而自己也願意放大或者無法隱藏這個特徵，它便會成為別人進入你世界的入口。同時可能也是出口，讓人就此止步，不願再深究。

我也有自己的FAQ，我將它們設計成一套精密的問與答，加入某些故意的引導。過程就像築起一個免費的博物館，視乎當天的心情和對方給我的好感，我會開放大門，引導對方到某些願意被人瀏覽的展區，而那些解說起來十分麻煩的部分，便封鎖起來，無人可以入內。

每個人都是被自述所組成的構成物，交流著最表面的介紹、身世以及經歷，偶爾會找到一些同頻的人，幾句聊天下來會發現各自都有自己的保護膜，能不能撕下防備、要如何撕下，那都是成年人溝通最深奧的技巧，一不小心便會變得無禮、越界。但要是成功的話，便有可能收穫一個知心朋友。

有些人的FAQ不乏謊言，要是看穿了也不必說破，他們自己可能也是被自己騙倒的那一位，一笑置之就好。每個人都以為自己給出了滿分的問答，像個胸有成竹的考生，活在未放榜的快樂之中。

有時候會覺得生活都是一場巨大的問與答，有些人得到了表面的解答便會滿足於此，有些人卻決心刨根問底去追求箇中的答案或意義，結果也可能不過是，掉入了世界某些階層精心設計的圈套之中。

所以究竟你找到的意義是不是你自己想找到的真正意

義，抑或是別人故意讓你找到的意義，都是未知之數。

然而不論我們每天得到的答案如何，或許都是緣分。仍有發問的心，那便是一種幸運。

時光之外

我們的愛會終止嗎
會的吧
或許是在星期八
在二月三十日
在零時六十五分
我會放棄了在無法定位的時光中等待回應
對你的愛偃旗息鼓　塵埃落定
——在所有不會到達的時光之中

謝謝你的不喜歡

和朋友談起過去被人追求的經歷，我想了想，真的沒有什麼可以說的，因為丈夫就是第一個主動追求我的人。嚴謹一點的話，在丈夫出現以前我喜歡的人都對我說過，他們不喜歡我。

「怎麼可能。」

「真的啊。騙你幹嘛。」

小時候第一次認真喜歡上的人，是初中的同班同學。

他是一個不算太起眼的男同學，平常不太說話，對待任何人都是淡淡的，總是一副慵懶隨意的模樣，學業亦不算出眾。但只要走到籃球場上，便像是換了一個人似的，敏捷又挺拔的身影不斷掠過一個又一個的攔截，從人群的隙縫裡輕鬆一躍，舉手一投籃，便命中得分。

只有這種時候，他才會愜意一笑，眼底盡是鋒芒。

那種認真起來便能解決一切的身手與平常懶洋洋的鬆馳

感形成強大對比，讓我總是忍不住追逐著他的身影。

少年和少女之間大概沒有永遠的秘密，心裡的願望都反映在行動上。每天午休和放學的時候，我都會伏在三樓的走廊上，遙遙地看著在籃球場上的他，於是很快便有傳言，說我暗戀他。

初中時的我微胖又高，戴著一款厚厚的粗框眼鏡，因為參加學校運動隊的關係皮膚曬得黑黑的，比誰都更像個男生。他身邊的男生都在揶揄我，有一次我甚至聽過有人對他說：「喂，那個男人婆又來看你啦。」

我心微微一揪緊，偷偷瞄向他。

只見他沒有回應，目光始終望向他喜歡的籃球，然後只是輕敏地投了一個籃，籃球準確地穿過籃網跌落到地上，一下又一下地跳動，覆蓋了我的心跳。

那場暗戀維持了大半年，年級的尾聲，我不知道哪來的勇氣在MSN上跟他說：「你有喜歡的人嗎？其實我只是想說，我有點喜歡你。」

我沒有期待過什麼。一個十四歲的女生，能夠訴說便是最大的幸福。

然後他說，自己沒有喜歡的人，他不喜歡我，亦沒有談戀愛的想法。

十多年了，我早已忘了收到訊息的那個瞬間我有沒有傷心，應該還是有的，那畢竟是我人生中第一個喜歡的人。

很快一個暑假過去，開學那天，我被分到了成績較好的班別，和他已不在同一班。開學那天全校在操場集合，快要列隊時我與他擦肩而過，迎面的瞬間我們眼神交會了一下，微微點頭，然後各自走向自己的班別。

那一刻我就釋懷了。

因為從那一個眼神裡，他就像看向一個普通同學一樣，與其他人沒有任何區別。

在那一個眼眸之中哪怕存在一點點的嫌惡和不快，我都會為自己感到可憐和羞恥。但是沒有，他沒有因為收穫一份多餘的喜歡而嫌棄這份好感的主人，他待我就如一個普通的同學一樣，沒有一絲的例外和一毫米的遠離。

沒有小心翼翼，也沒有憐憫同情。

什麼都沒有。

那樣便已經足夠了。

那幾年他的存在就好像漫過陸地的海浪，淹沒過了青春裡的時間與空間，拍打過泥濘的海灘上那個醜陋又頹然的我，他讓我沉溺之後又讓我清醒。醒來後，他還是如那個平靜地包容一切的大海。

他總是認真地對待世上所有的喜歡和不喜歡的事物，無論是他喜歡的運動和沒有興趣的戀愛，都沒有迴避。

一個人不喜歡另一個人，這個事實其實不一定會讓對方受傷，但假若那個人不好好正視這份心意，只會讓對方覺得自己根本不配。

「拒絕」，是他無意之間送給我的，最大的好意與尊重。

拒絕之後，代表我值得更好的人，更適合我的人。

一個真心喜歡我的人。

如今我在青春的盡頭裡想起了他，那個在青春的起點拒絕了我的人，那麼善良，始終溫柔。

後來我也遇到一些不喜歡我的人，他們不同，就算不是真正的喜歡，都會把我收入囊中。在他們眼中我就像一個物件，我就只配那些虛假的真心。

那時才能明白，來者不拒的喜歡，其實比拒絕要殘忍百倍。

畢業後我們有追蹤彼此的社交帳號。我知道他成為了一位體育老師，有一個交往了許多年的女友，最近也結了婚。我們的生活早已脫鉤，有十多年毫無交集，往後大概也不會特別聯絡。彼此人生的交差點與最近的距離，就發生在那句「不喜歡」的一刻，然後分道揚鑣，各自駛向自己的彼岸。

他不會知道他對我的影響，就如他一定不會看到這篇文章一樣。

但是還是想對你說，P，謝謝你的不喜歡，謝謝你在那一天明確地拒絕了我。

這是今生我第一次感受到有關喜歡的溫柔。

也是你能夠給我的，唯一一次的溫柔。

我衷心希望今後餘生，你和你喜歡的人，都永遠幸福快樂，平安無憂。

遺憾的話

一

那一年遇見你
是我最大的幸運
可最大的不幸
是我只遇見了那一年的你

二

身體是一個帶缺口的玻璃瓶
愛　是你往瓶內注滿的福爾馬林
心已是死掉的標本
可惜我們用盡餘生合作
都沒有什麼東西能夠
起死回生

三

痛苦的是
你快樂的時候都不想起我
快樂是
我連痛苦的時候都在想你

痛苦是一個人狂喜
亦是一個人狂悲
卻始終沒有與你一絲聯繫

四

做一個實驗

向在打電話的路人遞上一根香蕉

大部分人都會接下

問在聽音樂的陌生人他們在聽什麼歌

都會得到答案

看　每個人都會如實說出

人總是會坦實地對待不相識的人

——誠實的本質是因為並不在乎

毀滅之時

從奧克蘭到懷希基島的渡船可以載車，從碼頭跟著指示駛上甲板，泊在了一個露天的車位。我沒有走到設座的船艙，決定待在甲板開著車窗，靜靜地看著海面，像是駕駛著車駛過海洋，往未知的島嶼駛去。

回程的時候已是傍晚，又是同樣的做法。然後總是在走遠了青春以後，在這些夕霞抹過水平線的傍晚，想起了你。

無法相信如此美麗的落日，竟然會是當初看著我哭泣時的同一個。

世事還是如此狡猾，人心偶爾回歸單純。

你會不會也在好久以後的某一天，在我不會再踏足的那些地方，在你最新愛上的那個人身上，認出了昔日那個我？

當我們曾經將彼此那麼狠狠地撕裂過，結果就會是這樣，你我散落到往後生命中那麼多個角落，於是在不同的時光中認出我，想起你。

我們在失落的時空中遙遙對望。反正已經遠離了，也沒所謂恨與不恨，於是可以注視得久一點。

是因為錯過，人才敢到達回憶不會濺落的地方，去那些因為過去被錯誤的愛情困住、並沒有勇氣勇闖的國度，然後發現遺憾終以簡單的方式賦形。比如下雨天的煙火，人來人往的馬路旁地上的一束被掉棄的花，電視裡沒有字幕的外國電影，很多美麗，都無法順利抵達對方的內心。

那年新聞上說，美國那片海灘上有一條擱淺的鯨魚，我對你說過牠很可憐，當時你沒有為意。今年我偶爾到達那個城市，往海邊走走，問了海邊酒吧的店主記不記得那一條鯨魚，他說記得啊，屍體可臭了，令人作嘔，旅客都來拍照，卻沒有食客願意光顧。

原來真的沒有人憐憫過那條迷路的鯨魚。

親眼目睹了便會心生厭棄。許多事物亦是如此，因為無緣看見，才能看得見它的美麗。

最近又一場大地震，新聞和電影裡轟轟烈烈地預測著下一個世界末日的日期。我感到可笑的是，人們嘴上說著和平與愛，卻做著更多互相殘害的行為，珍惜只是一場表演，有錢人捐款是贖罪的買賣，而所謂的責任，又是滿足權力欲望的藉口。

但我已經長大了，也不會隨便說出毀滅吧這種話。毀滅也是需要力氣的，更多時候，只是希望靜靜地躺著。末日來臨之前，讓我看夠星空。

雖然有時還是會想，直到地球上最後一朵玫瑰枯萎，直到山崩地陷，海水沸騰至漫天的蒸氣，暴雨砰然墜地，原子被分解成更小的質量——

我還是會想找到億萬分之一的你。

那時候對你說什麼好呢。

如果有明天，明天見。

如果沒有的話，那沒事的。

我在下一個宇宙裡等你。

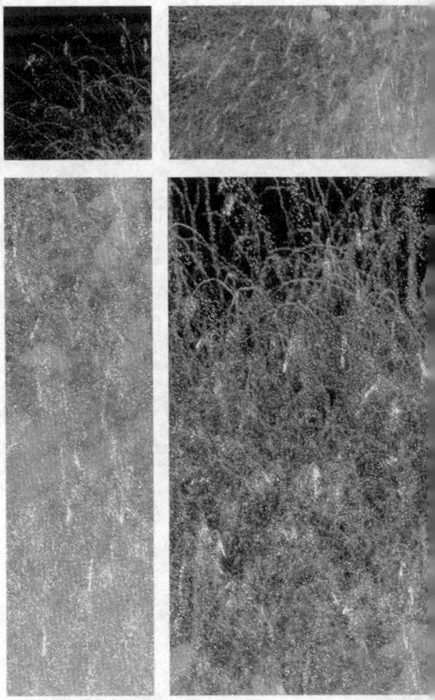

輯二／

一疊沒有郵戳的信

為你寫出那麼多封信
永遠沒有抵達信箱
它們只存在於你和我的心
正在派送中

我是沒有被你選擇的那一位

和你分開以後我像是掉進了黑洞之中，被看不見盡頭的幽暗所吞噬。我是失去訊號的人造衛星，身邊的人試圖將我挽回到正軌，身上的慣性和不知名的引力卻將我向遠方拉扯。

仍然愛我的人們站在遙遠的、人聲鼎沸的陸地向我呼喊，替我感到不值，他們的聲音像殘舊的無線電信號，斷斷續續地與我確認：

「你，為什麼要為這一個不值得的人這麼傷心呢？」

對呀，我每天在黑暗中反覆細想這個問題，為什麼呢？

我想起我曾經讀過一本講述多元宇宙的書，它說：當你在這個宇宙選擇了一種可能性，其餘的可能性便會在別的宇宙發生。

那麼我是不是可以認為：離開了我的你、丟下我的你、唾棄我的你，正在另一個我無法觸及的宇宙裡，與我親密地走往光明的未來。只不過是這一邊的我，要為這份甜蜜承受著它另一種必然又相反的可能性？

小時候喜歡看的動畫片，女主角坐上了前往銀河的鐵道列車。墜入黑暗中的我，只能夠幻想自己也能乘坐銀河列車，前往那個你和我沒有分開的星空。

可是最後，你拋給我這麼一句話：

「不管如何，我們都是沒有可能的。」

我瞬間明白了我如此傷心的理由。

親愛的，原來讓我傷心的並不是你的離開，不是你輕而易舉就推翻了我們有過的甜蜜，亦不是你現在無比殘忍的冷漠。

而是在宇宙千萬個可能性中，我和你的每一個選擇，明明就有可能創造那麼多微小又龐大的奇蹟。

奇蹟就如你我能在幾十億人海中遇見，就像我與你相愛過、承諾過、互相傷害過、充滿期望過，幼稚過也成熟過。

給過我這麼多浪漫奇蹟的你到了最後卻說，我們沒有任何「可能」。

原來最讓我感到絕望的是——

在萬千個有可能通往幸福的宇宙中，我，永遠是沒有被你選擇的那一位。

／在萬千個有可能通往幸福的宇宙中，

我，永遠是沒有被你選擇的那一位。／

愛是自私的

過了好久後我才發現，我們當初的分開並不是對錯的問題，僅僅不過是因為，我無法以你想要的模樣去愛你。

愛的本質就是自私的，我只是選擇了一個讓我愛得舒適的方式，去愛你。

真實的我卑劣地、狡猾地、可憐地，往我們的愛情裡注入我的欲望，想要你成為我喜愛的樣子，想要你走我讓你走的路，想你滿足，想你以我合意的方式得到幸福。

那時的我會為你的屈服而嘗到勝利的快感，快樂得讓我以為這就是正確的憑證。

而你說，這些對你來說都不是愛的證據。

「愛並不講究正確與錯誤，你以為對我好的，其實只是讓你感到快樂的好而已。」

「你只能確認這份愛是否過得了自己的良心與底線。」

「你想給的，並不是我想要的。」

時光已鈍，愛過的痕跡卻太鋒利。

當時我不懂你拒絕的道理，不懂你疲憊的理由。不懂為什麼明明有愛，卻無法跨越那些看不見的障礙。

後來的我花了許多時間才能明白，我曾經給出的，的確是愛。

但可惜的是，我無法以你理想中的模樣去愛你。

我愛你，你也盡力地愛過我，

然而我們，卻從未相愛。

拒絕

C：

你擁有一個從不反抗的人生。

父母為你安排學業繁重的學校和興趣班時，你沒有拒絕。同學要你負責小組報告裡面最長部分的資料，你沒有拒絕。上司要求你加班，你也沒有拒絕。

你溫良地走向每條流向你的河川，靈魂被分割成無數條薄如蟬翼、透明的你，在陽光下反射出剔透而和煦的光。你被每個人所喜歡，時常奔向四面八方的呼喚，也時常找不到原來的自己。

後來你說你又戀愛了。不久，你又說對方想分手了。

那便分吧，你，依然沒有反抗。

從來沒有人告訴你戀愛一次又一次失敗的原因。親愛的，我來告訴你吧。

——你之所以接受他，只是因為你無法拒絕，但那不是愛。

他們說，你要學會愛了，你說好。
可惜他們忘記了教會你最重要的事。

「學會愛人之前，總要先說不。」

向那些令你傷心的事物說不，向與你的內在失聯的人說不。

因為愛的本質不是接受一個人，而是為了那個人，你甘願拒絕全世界。

蝴蝶

寒流突襲二月的香港，像是怪盜永遠準確的犯罪預告一樣，總是準時到訪然後迅速消失。城市裡的人咬牙切齒地將厚厚的大衣穿上，但不過數天，暖意匆匆來臨，每個人都罵罵咧咧地脫下圍巾與大衣。

就在同一個冬天，上千隻蝴蝶在陽光底輕輕落下，屍體印在柏油路面，鑲嵌入路面微粒之間的隙縫。

看新聞裡的學者說，應該是因為今年的冬天氣溫反覆，蝴蝶被回暖的天氣誘騙，走出保護牠們的繭，以為外面是欣欣向榮的春天，怎料一連數波的寒流襲來，大批蝴蝶覓食失敗死亡。

我對你說起這個發現時，你正看著手機沒有留意我指著的地面，於是你正正踩在一大片蝴蝶的屍體上面，提起腳又向前邁步，地上紅黃色交錯的翅膀又沿著黑色的紋理分裂得更多。

你問：「知道這些小事，對我有什麼好處嗎？」

我沒回應，只是低頭看著蝴蝶的殘骸，彷彿能明白牠們的失望。牠們在漫長的沉睡中以為迎來的是大自然善意的敲門，出走後卻竟然是一片荒蕪的春天，沒有花朵糧食也沒有溫暖的天氣，牠們只是飛呀飛，直至力盡墜落到地上。

如果你有和我一樣留意過一隻臨死的蝴蝶，你會發現牠死亡的過程始終優雅，牠會一段一段地飄蕩，緩緩降落在地上，舉起雙翼，維持著準備飛翔的模樣死去。

可你當然不曾留意。

我對你說這些「小事」，是因為我好像看見了自己的現在與未來，那些黯淡褪色的身影。

第一次戀愛的人，都像極了這些蝴蝶。我們小心翼翼地掙脫生活沉重卻安全的繭，終以脫胎換骨的美麗容貌與身軀飛向熱切期待的未來，換來的是一次次欺騙，是沒有暖意的回應，是苟延殘喘的名銜。

你總喜歡用反問句來堵塞我一切的分享：「有用嗎？」

「有意義嗎？」「你沒事做嗎？」

後來的我不再回應你的質問，因為知道言語不能滿足你的權威，你也根本不在乎答案。你看重的是一切物質的證據、理性的利害分析，對你有用的資源與關係。

於是你需要我在身邊，卻不曾走進我的心裡一探究竟，除了相識的最初。

你看見我在笑，卻不想理解我快樂的原由和建構我的價值。

你要我美麗，但並不了解我為美麗付出過的代價。

你說你愛我，可我到處都看不見愛的痕跡。

我想我應該要明白的是，親愛的。

你不是愛我這個人，你只是愛此刻，愛情燦爛綻放的定格。

你愛的不是我這個人，你只是單純喜歡戀愛的感覺。

大概也不是誰都沒關係的，但我也一定不是你最在乎的那個關係。

畢竟，我也只是你生命中一件小小的事。

後來在書上讀到：北美洲有一種帝王斑蝶，每年都會往南方遷移避寒過冬，在南方產下後代後死去。新一代的帝王斑蝶會在沒有父母引領下自動飛回北方，牠們在飛行中再產下新一代，在新生與死亡的更迭中，這一代的抵達即是下一代的離開，帝王斑蝶最終會完成整個遷徙，到達從未到過的故鄉。

知道這些小事對我們有什麼好處嗎？

親愛的，可能是沒有直接好處的。但離開和眼淚都是有間接意義的，它們都用自己的痕跡為後來生命中的路留下重要指引：

或許來年香港的蝴蝶不會輕易衝出溫暖的繭，牠們會從倖存者的基因中知道化蝶的時間，活一次真正精采的生命。就像北美的帝王斑蝶一樣，新一代的腳印不曾停留，牠們在遷徙的過程中伴隨著父母的死亡誕生，透過日照和基因內埋藏的本能，辨別出回家的方向。

人類同樣地，在一次又一次傷心的博弈中，學會更多的情感，那些欺騙的憎厭，恥辱的窘迫，小心翼翼的快樂，搖搖欲墜的自信心。

讓我學會那些以愛之名包裝下的傷害都是不對的，知道要如何迴避，飛往更安全的境地。知道要容許沒有意義的部分種出新的意義。

讓我不會再愛上像你這樣的人，不再因為有人示好便匆忙去愛。因為根本不值得。

愛和生命都一樣，要經歷過無數次的試錯與瑕疵，才能成為面向前方與後方的過程，由上而下的脈絡。愛不是口號，它應該是流動的河川，也是沒有盡頭的天空，是容許你成為更多可能性的時空。

從我離開你那天起我懂得，愛不再是一條單向前進的線，

愛是一種層次。

而關於遇見你的一切，我都不曾後悔，我知道過去種種都在積累我的層次，那是你永遠無法接近和帶領別人到達的深處。恕我無法向你道謝，但後來我愛的人，因為你無數次的漠視與止步，得以遇見一個全新、並未遇見過的我。

一個懂得如何溫柔地飛翔的，知道蝴蝶落下的速度，是

每秒四厘米的我。

—— ✦ ——

Q：「感覺交往了兩年的初戀一直無法給出我想要的情緒價值。他會時常要我陪伴在他身邊，會與我一起做許多他有興趣的事，但他認為我感興趣的愛好和事物都是沒有意義的，也沒有想要理解的意欲。我想他喜歡的其實不是我這個人本身，這些他不曾了解的事物，也是我的一部分呀。」

學習

成年人說十多歲的愛戀都是小孩子過家家[2]，在假扮大人談戀愛。

對啊，我承認這一點。

他們禁止我們自己學習，因為連那些道貌岸然的大人自己都做不好的事，他們無法向我們施教。誰是沒有學習過，一開始便懂得如何愛人與被愛的嗎？

我們自己都知道這種愛情的脆弱。畢竟你我都只是小孩，一切都只不過是強撐在假裝。

假裝誰比較成熟一點，溫柔一點，大方一點。但那些嘗試向書本和劇集複製的心情與技巧，總是在現實中失效。現實中的我們沒那麼美，沒那麼富有，沒有那麼多友善的目光與奇蹟。

如果真的是小孩那就好了。

2. 同台灣「扮家家酒」。

什麼都不懂的話便可以真的相信一切，假扮大人去戀愛，天真地以為待在一起便能那麼簡單快樂——披一張床單，拿一只糖果戒指，我便去娶你。

我們一開始都不知道自己想要什麼。

你安慰我說，沒有人是知道自己想要什麼才去戀愛的。

我明白，但是在愛你的過程中，我逐漸了解自己想要的一切一切，多麼貪婪，但那些欲望使我像個活生生的人。

是那些你給不了的情緒反應、那些你不感興趣的浪漫細節，那些你根本不懂的生活意義。

我想要的你都匱乏，我想放棄的你都堅持，我想一起探索的你都無力同行，我真貪心。

小孩呀，貪心，但原來大人們呀不是不貪心，是害怕自己貪心。

貪心不是想要更多，貪心是我已經擁有了一些，卻不甘心地想要更多；

貪心不是不可以想要更多，貪心是我明知道自己並沒有具備擁有更多的能力和勇氣，卻仍然飢餓地、崩潰地想要得到更多。

於是你和我總是毫無準備地獲得，又毫無預兆地失去。

親愛的，如果我們的戀愛是一場無可避免的學習，我起碼學會了成長。

只是，後來你給過我有關成長的形容詞，

全都有點疼痛。

—— ✦ ——

S：「我們互相傷害，但這是無可避免的事。我們都知道這場戀愛會無疾而終，可是還是想感謝在初次戀愛的路上，是他陪著我。抱歉，我們愛得那麼早。但謝謝你，讓我們相愛得那麼早。」

笨蛋

A對我說，每天他起床洗臉刷牙，吃著隨便的早餐，上班途中滑手機，看見愛情偶像劇的廣告會覺得無聊，聽到同事談論自己的丈夫男友就感到煩躁。整個世界都好虛妄，情侶都是一群虛偽的瘋子與笨蛋，他討厭笨蛋，尤其是自言幸福的笨蛋。他說，他可以預見每對情侶吵架和分手時的醜態，就覺得，此刻洋溢在他們臉上的笑容尤其刺眼。

「基本上，掏出真心就活該被傷害吧。」

我說，嗯，因為知道過程或結果必定會有痛苦，你便想要否定愛情這回事，對嗎？

你希望有人能陪你一樣，一起指責和控訴這不公平的世界。將自己與大眾庸俗的幸福隔開來，用冰冷的語調談及和俯視這一切，就會顯得自己更明智，對吧。

A沒有回應。

親愛的——那些將付出真心視為愚蠢的人，不去愛人，通常要麼是因為他不敢，或者是他不能。

你也一樣，如果純粹因為遇過一些不合適的人，或者是一些可怕的往昔就覺得愛情是不值得的，那麼你只是太過疲倦和膽小而已。

一個人失去了愛人的勇氣和能力，對親密關係不願再期待和想像，並不是一件可恥的事，但你無須去否定愛情這回事。

內心深處，你恐懼那些去愛的負擔和風險，害怕沒有結果的徒勞，於是你清空了自己靈魂內一切需要。所以並不是愛情否定了你，是你否定自己的需要，那個想要去愛人與被愛的自己。

「我不需要愛情，我只是需要偶爾有人來陪陪我。」

沒有付出過愛或其他情緒，為什麼別人要義無反顧地陪你？

「那我可以付錢。」

可以，但付錢買到的陪伴是有限的。那些陪伴也不見得比較不虛偽。

金錢能夠買來關係，使他人停留在你的身邊，例如僱傭關係，肉體關係，這很合理。但是一旦厭倦或者碰壁，你便會快速更換新的面孔與肉體，沒有人能夠留下，沒人真的為了「你」而回頭，你的欲望如黑洞般慾壑難填。在他人眼中你的價值亦與金錢掛鉤，你覺得這些關係庸俗又廉價的元兇，正正源於你驕傲地從懷裡掏出的鈔票，你鄙視物質，但你已暗中為自己標了一個價格。

「不然呢？哪有這麼容易找到那麼純粹又讓人快樂的愛？」

由一開始，你便為你自己的世界設定了太多幸福的條件，任何人闖進來不符合這些隱形條件，你便決定了自己是無法快樂的。即使他們亦是冒著被你殺死的危險走入你布滿地雷的世界來愛你，來探索你，你卻因為懦弱膽小，受不了何時會爆炸的威脅，狠心地引爆，將他們一遍又一遍地炸得隕身糜骨。

你殘忍嗎？瘋癲嗎？是的。

但同時你可憐而可悲，像一個手足無措的童兵，僅僅只是為了保護自己而掃射前方的一切，哪怕迎面而來的是友方的救援，是新生的希望。

我們必須要誠實地面對自己的需要，承認自己缺愛，將他人的幸福與你的自我嫌棄隔離，接納自己的陰暗面與平凡，然後才能出發去追尋。

繳出傷人的武器，放棄頹廢、瀕死的快感、拋棄毀滅一切的台詞，堵塞迴避的歸途。有什麼大不了呢？傷，也傷不過自己對自己造成的傷。

然後勇敢地走出自己的圍封，伸出手接納別人的問候，去拉著更多的緣分。

有一點你說得沒錯。愛是愚昧的，是徒勞，是不可測的，正因如此，愛是一切的可能與想像。亦只有愛情、親情和友情中的愛，能讓你渴望對方和被對方需要。

你財富萬貫也好，身無分文亦好，那些愛你和被你愛著的人都會為你提供能量，與你的人生產生瓜葛。你在無法量化的付出中得到龐大而不可計的回饋。

這些回饋中有安全感，也有無奈、悲傷，當然也會有幸福與快樂。

愛不是任何美滿或帶有遺憾的結局，有時它甚至配不上一個結局，它只是一個體驗的過程，與生命的本質無異。不要神化它，同時不要避忌它。

愛是地上的人奔跑時仰望的一顆彗星，是宇宙中所有浪漫的不可得，它亦是等待孵化的幼小生命尋找一個產道般的出口，潮濕又狹窄，卻能膨脹到送走所有喜悅與劇痛。

A，世界是一個巨大的盲盒，不會次次都抽出你想要的、適合你的人與事，更不會次次都抽出幸福。但是不斷嘗試探索的心，是最能為你生活帶來質感和實感的關鍵。

我希望後來你會發現，傷害本身並不是一件多麼可怕的事，但翻遍整個世界都找不到一個傷害自己和願意被你傷害的人，那才更加寂寞。同時，如果要確認幸福在終點你才願意啟程，那麼你將永遠停留在悲傷的原地。

愛情和生活其實都一樣——

要有終止一切的冷靜，也要有開始一切的熱忱。

這才是我們探索愛的方式。很蠢的對吧。

是的，愛裡面沒有任何天才，只有一堆笨蛋。

殼

關於外貌，小時候我曾收穫過許多讚美，青春期時逃不過發胖的命運，加上學業繁忙亦無暇打扮，直至大學我才慢慢瘦了下來。

後來喜歡上一個人，那個人也勉強肯與我交往。但無論我如何打扮，投其所好，他都會對我說我很醜很胖。

幾乎是隔天的頻率，他以貶低我為樂，就算是朋友和長輩在他面前稱讚我，他都會立即否定這些讚美，好像是公開地反駁這些對我的善視能夠彰顯他對我的權威一樣，為他輕易帶來擁有一切卻毫不稀罕的快意與餘裕感。

如今回望，是多麼好笑的一回事。明明都是同一張臉，同一個我，有那麼多人喜歡，也就偏偏我喜歡的那個人那麼討厭我。

不喜歡你的人，無論有多美，在他眼中你都是如腐泥般的面目可憎。

喜歡你的人，就算你不打扮，只是靜靜地待在那兒，便已是絕色。

後來發現，一個男生如果只懂追求外貌，而對女性身上其他的素質視而不見，那是因為他正極力迴避對方內在的能量與可以達到的境界，透過扼殺她的成長與自信，從而討好懦弱又無能的自己。

其實無論我什麼模樣都無所謂。真正的他比起我粗糙的外表要更加醜陋。

和他分開以後我瘦了快十公斤，眉眼輪廓都突顯出來，我像是開了竅似的，看待自己的眼光煥然一新，知道自己的臉型適合怎樣的妝容和髮型，什麼樣的衣著風格能放大自己的優點。

但是我再也不是為誰而打扮——除了自己。我想看看自己還可以有怎樣的變化，更重要的是在這個重建自己的過程中，我拾起了久違的自信。

那亦是為什麼打扮能帶給一個人快樂的原因：它讓你知道自己擁有變好的希望與能力。

多精緻的妝容也好，亦有必須卸下的一刻，可是自信，那是跟隨你一生的事。

也是從那時開始，我一次又一次地覺得，外貌真的是人類最容易粉飾與偽裝的選項。當你擁有一定的經濟能力，有自由選擇到適合自己風格的環境中生活，加上自律與努力的話，大部分人都可以擁有一個更美麗的外表。

真正的「美」，不是一件輕易就能做到的狀態，卻是一件永遠能夠作出改變的事。它形容的不只是身的美，還有心的美。漂亮是一個呈現出來的結果，但維持美麗的過程更值得人佩服及欣賞。外貌在某程度上來說是一種潤色，有額外的添加，也有後世各種科技的輔助，於是未免會有人覺得這是虛假。但過程中真實的，永遠是自己想要變得更好的決心。

寫出《夜鶯與玫瑰》的英國作家王爾德有一個同性情人波西，他對波西的愛近乎沉迷。與其貌不揚的王爾德相比，波西擁有他夢寐以求的美貌，他曾說：「如果可以因為美貌而被受寵愛，誰會稀罕因才華而被人崇拜？」

波西有王爾德期盼的美貌，王爾德擁有波西沒有的才華。但是世人只會記得波西是「王爾德的波西」，如果沒有王爾德的才華，波西的美貌根本不會被人記起。

在勝過時光的內涵面前，不敵風霜的外貌不值一提。

假如如今有人問我在不在意自己的外表，我會誠實地承認自己在意，也會願意努力維持外表的美好，不為他人，而是因為當自己有能力掌控自己的身體和喜好，人會變得更加自由及自在，得到一種靠近自己、欣賞自己的愉悅。

這個社會有時會給予貌美的人較多的善意，但如果缺乏堅韌及溫柔的內核，這些額外的關注也能在任何時候，轉化成無盡的惡意與危險。

現在每當有人稱讚我的外在，我總是會下意識地否認——

否認這種美好的真實性，會更希望這份讚美不是純粹指向皮囊本身，而是我為自我這個存在本身而付出的所有努力，包括能力、性格、情商以及運氣。

一直很喜歡《畫皮》這部電影的名字與內容。對我而言，外貌是真的可以畫出來的。但如果有人可以看出皮下面哪個我是真實的我，看出我的本貌，我真正的喜與悲，那種愛便是愛我純粹的靈魂，是愛我真正的本身。

那麼有一天肉身雖毀，但我仍可以相信這份愛植根於精神之上而不是肉體，而是永恆。

外表是一個殼，是接觸世界的第一身。終其一生被萬物觸碰，被愛的人親吻，被任何人與死物傷害，因此需要好好的愛護，也值得為自己的愉悅去修飾它的模樣。

許多人包括我，都忘記了殼的作用不是美麗，而是庇護我們去走過這個世界。

於是不以美為傲，也不以醜為悲，只要每個殼貼服、堅固而完整——每個人的外在乾淨而遵從自己的靈魂，那就是最美好的外貌。

當生命繼續與時間並肩，外表便會在時光的沖刷中摧殘而磨損，像鎧甲一樣生鏽變暗，總有一天它會崩塌，被迫露出外表以外的所有東西。

當有一天我在塵土以下，露出柔軟如土壤，鮮艷如花草一般的底蘊，多麼希望我的殼會對我的靈魂說：多麼慶幸我花盡一生掩護的，是如此細膩又珍貴的你。

—— ✦ ——

Q：「升上大學以後經常被人稱讚外貌，可是我其實無法真心喜歡這些讚美。我感覺他們看到的我都是最外層的我，而無人有興趣看進我的內心。外貌是我悲劇的開始，不是嗎。」

寬恕

「和你分開後我對每個人都說，希望你好好的，希望你幸福。」

「我是說謊的。」

「我希望除我之外，沒有人會原諒你。沒有人會記得你，重視你。」

「每次你以為快要抓住幸福時，苦難就會來臨，只降落你一個人的身上。」

嗯，親愛的，那也沒關係。

你心中的痛苦與暗中對他人的詛咒，都不會改變你本身的良善。

因為殘忍本就是與良善一般的存在，它們是血液與血管般的共生，缺了彼此都會失去了養分，迅速乾涸然後硬化。

——你必須明白，任何仁慈和惡毒，都不會帶來生命中的回報或報應。

一切都是人為了讓自己感到安心的錯覺，欲在時序錯亂的回憶中為命運尋找一個合理的解釋。

事實是每個人的皮囊底下都埋藏流著黑色墨液的礦脈，奔騰著不可細說的悲痛、貪念與衝動。它們被規則與法律打造的鑽台採挖，每次形成刮骨抽筋又不可明說的疼痛。

知道這些深埋之中的苦處，然後繼續選擇善良的人，比天生善良的人更要珍貴。

因此不原諒他也沒關係，不放下也無妨。你只需要向前走。走過人聲鼎沸之處，走到孤獨的世界盡頭，走在記憶之外的荒蕪。

每一個人，都不需要原諒任何一個人，才可以獲得幸福的資格。

你喜歡我什麼

就我自己而言，我從來不問另一半這個問題：「你喜歡我什麼？」

問是因為不信，是想要確認對方有沒有對這份愛給予充分的凝視，或者是單純地用戲謔的口吻提醒對方：「你是喜歡我的。」隱藏想要馴服對方的心意。

但無論什麼原因，都是源自對這份愛的不自信。

親愛的，即使真的不知道對方喜歡自己的根據是什麼，我也會接受這份愛。

接受愛人時的自己是值得這份愛的，不需要反覆檢驗對方的答案，得到日復一日的肯定才能說服自己真的被人愛著。

能遇見你，被你喜歡，讓你停留，被你珍惜，如果硬要給出一個原因，那都只是因為——我在這裡。

可能你會覺得自己沒有什麼亮點，但能夠被人愛著，本身就是一種能力。

如果要相信自己是值得被愛的，首先別把愛視作僥倖，而是看成一種能力。溝通力、情商、共情力、善良、外表，耐性……可能都是冥冥中讓你找到愛人的關鍵。能力可以培育，亦可以學習和鍛鍊。

然後在成長為更好的自己以後，你會發現自己已經不太需要質問任何一個人到底自己值不值得被愛。

這份愛的自信，有很大程度源於你的自信。

所以與其相信愛情，不如學會相信自己。

—— ✦ ——

Q：「經常會因為不安，所以不停想確認這份愛，但還是無法滿足，是我太纏人了嗎？」

罪

親愛的，我不是生來便懂得如何去愛你的。

我並不是一開始便知道在你工作忙碌時絕對不要去打擾你，不是一開始便懂得時刻以溫柔去撫平你的情緒，也不是早早就學會何時成熟，何時可愛，如何堅強，又如何示弱。

我如今的懂得，是因為我曾經被人說過不懂得，或者見證過對方的不懂得。

我此刻給出的愛，有很大的一部分源自我過去的罪。遇見你之前我被囚禁在記憶中潮濕的地下室，細數掌心中淺薄的生命紋路與注定，我押上了未來，反抗我天生的自私與惰性，狠心刮去身上的沉痾與宿疾，才換上一顆健康而柔軟的心臟，學會去愛你，也試著愛自己。

因此我和你之間的每一分乖巧與寬容，理智與獨立，都來自上一次戀愛中的任性，橫蠻，眼淚，爭吵，妥協以及心死。

事過境遷以後，我成長成更好的人。

而你是剛好看見我後來的好，卻未曾看過別人放棄過的我。

我或者是一些人眼中的雲煙，是對弈中的棄子，是被沖過的咖啡殘渣。

沒有那麼多一開始的命中注定——

所以如果你慶幸擁有現在的我，亦要感謝當初的我曾被放棄過。

受害者

S：

我有多愛過你，我就有多恨你。

我討厭的不只是你傷害了我的這個事實。

我憎恨的，是你傷害我之後，憑什麼要假裝自己傷得比我更嚴重，先我一步向全世界控訴？

當你躲到友人的護蔭下哭訴，我便知道帶著自毀般宣告的你根本不會自毀，你根本沒有這個勇氣，好不容易找到一個觀眾，你便披著受害者的戲服，指著我，一次又一次用弱者的心態來向我揮刀，劃破我們之間最後一絲的體面，將我們的戰場公開給每一個祝福過的親友，讓他們觀看，要他們評價——

一個瀕死重傷的兇手就可以被免除殺人的刑罰嗎？

我們都兩敗俱傷血流成河，就可以將那些是非對錯一筆勾銷嗎？

這個世界上，愈無能的人愈愛示弱。

我不在意被你公開我是曾經如何被你糟蹋，即使你將一切的責任與痛苦歸咎於我的優秀，我的美好與自愛。

我的錯，大概錯在不與你同流合污，不與你一起自縛在井底內度日如年，不對你意志力薄弱後一次又一次的逢場作戲給予理解或寬容。

我大錯特錯，是因為我無法為一事無成的你提供成功感，沒法像溺愛你的家人一樣親手哺養已成年的你，亦沒法像個塑膠人偶一樣，在你醜陋的嘴臉前滿足你生理和心理上的快感——

我永遠，只能是我啊。

這個柔軟但堅韌，敏感而細膩的我。

我會受傷，但我不恥用傷去勒索任何一種不再屬於我的關係。即使我可能尚未完全復元，我會用對自己的愛，以及對未來的期待封緘傷口。而不是像你一樣，以劣質的演技索取同情，麻醉自己的罪惡感。

我都不在乎了。

這個世上是非與對錯，只對仍需狡辯的人重要。

你就高高舉起你的軟弱吧，坦露那些你反覆挖開的傷口去向你的新歡示弱，誘惑他們為你療傷。

每個人心底都有一種莫名其妙的保護欲，那些後來喜歡上你的人，會以為接收了破碎的你以後，重新拼湊，就能完全擁有一個全新的、純淨的你。一個卑劣的獵人總是以獵物的姿態出現。你也一樣，盡情用那些狡詐的伎倆狩獵下一個不幸的愛人。

我就站在人間，往更乾淨的高處走去，看畜生不如的你如何一次又一次地跳下糞坑，看你在腐朽又庸俗的愛慾中沉淪，受著餘生的劫難與波折。

我不會主動報復你，也不願為著恨你而變成一個內心醜陋的人，但我會活得比以前自由、暢快。我相信自己有能力幸福，亦不害怕再次受傷，這一切都不是為了向你證明沒有你我能過得有多好，而是向自己肯定——我值得每一次，我勇敢選擇後收穫的每一分喜與悲。

A：「終於和浪費了我三年大學青春的男友分手了。可笑的他竟然對朋友說，是因為我的控制欲過大，導致他受不了才劈腿。他哭得好慘，像我才是錯的那個。這個世界是誰哭得大聲一點、傷心一點就有理嗎？我偏要告訴他不。」

好人壞人

「比起一個做了壞事的好人，為什麼這個世界好像更容易原諒變好了的壞人？」

最近看一個演技的綜藝節目，一名新進演員表示他從未演過「反派」，所以拿捏不好情緒，導師聽罷生氣地說：「你內心早已有了正邪之分，那當然會演不好。到底有哪一個反派會覺得自己是反派？」

於是突然就想通了這一點——現實中沒有人會真心認為自己是壞人。包括生活中那些我討厭的人，他們認為「自己沒有錯」的這個觀點本身，客觀上而言都是沒有錯的。

一個人做了不被大眾認同的壞事，背後不全是惡念，更多的是理由。

每個人做事都有他的理由，可以是衝動或慾念、是童年陰影、是刺激感所使、有些可能是苦衷，或是用苦衷包裝的任何一個前項。當你只能站在他的角度感受這個世界，比如看小說時集中地讀到主角的遭遇和心境，便會對他後來所做的壞事多了幾分同情。

我認識一個在我認知範圍內很善良的人，她對朋友很好，對陌生人也永遠親切有禮。她有過一個交往了多年對她無微不至的男友，但到最後，她出軌了。對方是一個我們都認為對她很差的男人。

我沒有問過她為什麼要這樣做，她也應該不覺得自己是個壞人，顯然她對前男友做出錯事了，但對當時的自己來說，這個決定是「好」的。也可能是前男友曾經在關係中累積一定的傷害，才促使她的背叛。

好人做的不一定全是好事，壞人也不會永不行善。世界的殘酷就在於，兩種以上的事實是可以同時發生的。人性為何複雜，是因為我們往往企圖只以其中一面來總結眼前的這個人，於是乍看都是謊言，其實全都是事實。

「你是一個好人，可是這並不違背你傷害了我的這個事實。」

知道為什麼他們口中的你，這麼一個好人，也會傷害人嗎？

——是你愛我，但從頭到尾，你更愛你自己。

愛是實驗

剛到東京的第一天天氣好得誇張，從下了一整個月大雨的香港逃出來，東京的街道整潔，久違陽光和煦，連空氣都是格外清新乾爽。我不禁在IG上發了一則限時動態：每遇到這種天氣，都會想移住到東京。

有位從香港移居東京的網友私訊我說：既然你對東京的好瞭如指掌，為什麼不實行這個想法？

我回答：「很可惜的是，我只能接受這裡的優點，而不是它的缺點。」

反過來說，事實上我選擇留在香港，亦是因為我喜歡這個城市的缺點，而不是它有多少優點。

愛人亦是如此吧。喜歡的定義對我來說便是這樣：我喜歡你的好，也喜歡你的不好。我愛風光無限的你，也愛窘迫潦倒的你。

亦是因為我真的愛你，所以才看出這樣不堪的你。

戀愛和處世一樣，能夠做到後者的人，是少數。

你以為你找到一個完美的人了。他的完美理所當然地成為你愛的理由。

然而，世界上沒有一個人是完美的。每個人都一定有深藏的缺陷，甚至愈完美的人可能有著讓人無法接受的瑕疵。當你慢慢發現了對方的全貌，便會更加失望。

戀愛的過程，本質上便是一個不斷發掘對方的高光與瑕疵的過程。

年輕時談戀愛，往往會從對方的優點中定義那個人，總以為那便是對方的全貌。開始時每個人也定會盡力展示自己好的一面，一切都那麼天衣無縫，天作之合。

你和他都沒有經歷劇變，而是你們本身就是這樣，時光漸漸將遮掩的糖衣溶化，露出的內外在那麼多滿目瘡痍的疤痕。同時因為可以站得更近，你看到了美貌下粗糙的毛孔，善良純真的個性下有不著重衛生的習慣……生活裡沒有壁壘分明的黑與白，有的只是交融在一起的灰，鋪滿日暮裡的隙縫。

當中沒有背叛，你也不能說對方欺騙了自己。任何預先的期待都是一種先甜後苦的傷害，對他，也對自己。如果你喜歡的是對方符合自己想像中各種標準的樣子——你喜歡的其實並非真實的他。

你喜歡的，是讓自己感到滿足的幻想。

並不是每種喜歡都能真正投射到對方身上，有更多時候是投射到自己的想像之中，因此不是每個愛人都可以包容過程中發現的不堪。如果只想看見對方讓你喜歡的那一面，或者永遠只想聽到討好的話語，其實都是一種個人軟弱。

因此真心建議的是，交往時兩個人最好不要只圍繞著彼此的好而度過日子，在關係穩定而成熟以後，應該嘗試面對多一點不同的情景問題或困難。即使是假設性的問題，在不遠離現實、不過於頻繁的情況下也值得提出來讓彼此討論。這樣可以窺探彼此的能力和想法——在突發的壓力下容不容易崩潰、真實的脾氣雙方能否接受、在金錢或社會價值觀上會不會有不合的問題。這都是影響感情的重大原因。

生活本身就是一場漫長又淵遠的實驗。

折磨人的往往不是愛或不愛，而是愛以下埋藏的，那些無法視而不見又令人不知所措的細節。

一個喜歡你的人，不應該只是因為你的漂亮或俊朗，溫柔或強大，而是在見證了你所有的殘酷、狼狽與潦倒之後，接受你的卑微與懦弱，理解造成你痛苦的理由，然後還是堅定不移地選擇你。一遍又一遍，陪伴你，拉起你。

所以在戀愛中切忌的是只沉迷於與對方的甜蜜時光，可以的話，多花一點時間考慮現實的問題，也要嘗試為彼此的共同關係，負上一些責任。面對不合要盡快溝通，有錯就盡量改變。如果是以結婚為前提，交往期就是一個試錯的黃金期，不用因為恐懼吵架而屢次忍下心中的不滿，更加可怕的是彼此之間的衝突留到日後才爆發，到時候，將會有更多無法割捨的瓜葛與回憶。

許多人都在結婚後才突然發現自己接受不了對方的缺陷。事實上這些瑕疵一直都在，只看自己有沒有這個耐性和勇氣去面對、去發掘。如果沒有正視過，那麼受苦的都是未來的自己。

不妨將自己想像成愛情裡的一個實習生，別害怕犯下錯誤或者被人發現自己的瑕疵，勇於試錯，發現對方身上大大小小的瑕疵。然後學習如何相處、如何克服、如何改正。

這是一段你被選擇的關係，同時是你選擇對方的關係。

那些不適合的經歷也是指向未來幸福的路標。許多人都忘記戀愛不只是一個發現對方的「好」的過程，同時是發現對方的「不好」的過程。

從愛上對方的那一刻，我們都要做好凝視深淵的覺悟，以及被揭穿真相的準備。

—— ✦ ——

W：「交往時覺得很好的人，一起生活以後便會突然看出那麼多缺點。有時很害怕這是不愛的象徵，但問問身邊的人，又似是常態。」

愛是感到抱歉

我因為愛你，總是忍不住將自己的姿勢放低。我好想告訴你我有多麼不堪，將身上縫好的疤痕撕開，挖出裡面污穢的殘垢給你端詳。我用濕膩的憂傷醃漬了這麼些年的黑夜，藏在我的體內，你稍微靠近，我感覺它們便要洇洇流出，那是惡臭也是血腥。我在遺失的角落中瑟縮等待，等待你有一天會踏破泥濘來拯救我。

你來的時候我伸出顫抖的雙手，捧住我全部的垢穢，逼你要看，要你接受。

——是不是我有多可憐，你就有多愛我？

我為我身上那些以可憐包裝的卑劣與暗藏於底的計算感到抱歉。

於是常常想對你說對不起。

我愛你。

我的純真愛你。
我的骯髒也愛你。

可惜的是，為你受苦，並不會為我帶來愛你的權利。

飛往回憶中的錨

輯三／

那些
跨越國境線的流星
像是丟進回憶中的錨
沉重地墜落到生命之海
讓死去的生命許願

離開的步驟

有試過離開一個生活過一段時間的國家嗎？

我有。

然後發現，離開都是有步驟的。

十年前飛往東京前我就知道，「離開」是我在那裡生活伴隨的條件和必然的結局。一開始有許多人教我如何安置生活，學系前輩們會流傳給後輩的攻略：哪間銀行接受外國學生開戶，哪間電信公司的網路比較好，如果要買什麼二手家具，可以找學系的哪位前輩聯絡。

一路沿著那些被鋪得平整的路走，會遇見不同的人嘗試不同的新鮮事，每一次的經歷就像是在生活上不斷打結——於盛夏滿心歡喜地用蔚藍色的緞帶打一個蝴蝶結，又在秋天來臨時用楓色的紅繩打一個平安結。回過神來，各種線和結已是一個七彩的脈絡，形成一個半空中巨大的密網。我興奮地跳上去，彷彿伸手就可以觸摸到東京的天空。

離開，那是另一回事。

沒有人教我如何離開。結另一端的人早已消失在城市的角落之中，無數互相纏繞的結已打得死死的，我解不開，就只能剪斷。每切斷一條繩子，自由的生活就逐漸潰不成型，我幾乎要在半空中墜落。

我被迫冷靜下來，分辨生活中的種種有什麼是可以先結束的，有什麼則要留到最後才剪斷。

首先是水電煤的解約。

網路的解約。

電話卡的解約。

然後將申請解約和付解約金的流程走三遍。

預約上門的收件服務，將較重的衣物打包用船運寄走。

去市役所[3]辦理遷出的紀錄。

找回收公司，賣出我看了一年的液晶電視。

找人修理劃破了的牆紙。

最後一次在超市買晚餐，兌換了所有的積分，換了幾個

3. 類似於台灣的市政府。

貓罐頭。

最後一次投餵家附近的流浪貓。

跟房東約好時間，退房子。

那是我在這個城市撤離的次序。

亦是從青春中撤離的次序。

或許是注定也是巧合，後來的我途經不同的城市，不是在離開，便是在離開的路上。

目前為止人生中做過最長的工作是空中乘務員，自然需要我在不同的國家之間移動。每次輾轉降落在世界的某個角落，短暫停留幾十個小時，攤開行李箱，將自己的行裝拿出來排列到房間各個角落，外出逛逛，帶著戰利品和回憶，塞進行李箱內，離開。

通常我都會在退房前的兩小時開始收拾。我有自己的習慣，退房前一般會完成以下的步驟：

用過的毛巾全放在浴室的浴缸內或地上。

把被鋪和床單弄得更凌亂一點，弄成明顯被使用過的狀態。

將拋到角落的床巾放回原位。

將外賣的塑料袋打好結，放在垃圾桶的旁邊。

檢查插座，有沒有遺漏了充電器和充電線。

用當地的語言，在辦公桌的便簽座上面寫上「謝謝」。

門關上之前，將掛在門外「請勿打擾」的紙牌放回房間內。

然後回頭，望一眼房間的模樣。明知道自己不會記得的，畢竟我是一個記性那麼差的人。但還是想將這裡的記憶盡力印在腦海中。

再見。

我在心中會默唸，又要離開了。

離開這個國家，離開窗外的風景，也離開那一天的自己。

我認真看待離開，也喜歡離開，是因為這象徵著又一個開始。

喜歡「再見」。這一句的意思不只是願我們下次還會相見，而是我有來過這裡的意思。

來過你的城市，來過你的時區，來過你周圍。

也算是插足過你盛大而匆匆的人生。

—— ✦ ——

某年重回洛杉磯，意外地發現被公司派往的酒店，正是多年前我第一次到洛杉磯時的那一間。那一年我被公司安排，要獨自離開香港的組員，加入到全是日本人的組員裡進行商務艙的實習。當年的我什麼都不懂，年輕、單純，雖然什麼都恐懼，但什麼都躍躍欲試，還有大把的憧憬與時光。

再次重回這裡，彷彿與當時的自己擦肩而過。

辦理入住時職員想向我解釋酒店的設施和附近的景點。我微笑著打斷對方的話：「我知道，我來過。」

——不只是因為我來過，也因為我離開過。

每次離開一個地點時，我都會回頭看看，望一眼我待過的房間。還記得離開東京的那一天是個被蟬聲縈繞的炎夏，輕紗造的白色窗簾被風吹起，陽光曬進室內，被窗紗罩住了一點點，彷彿是盡力將那一年閃閃發光的流年都留住了，在那個小小的房間。

美麗得就好像是，那一個地方為我踐行的禮物。

自那時起的每一次離去，我都會做完那些離開的步驟，然後好好說一聲再見。

「再見了。」

我們會再見的。

無論是什麼地方，什麼年代與回憶，我將永遠勇敢地抵達與離開。

再見了，這大概不是我最後一次離開你，但是我會記得，這一次送我離開的是，是今天這樣的你。

距離

爬進漆黑的休息艙位，鋪好床單和被子，拉上隔簾，距離下次甦醒，還有四小時十五分鐘的時間。我習慣用背貼著冰冷光滑的牆壁，眼睛瞇起來，看見光穿透簾子上的布料纖維滲進到我的單間內。這種時候我會幻想自己是太空艙的宇航員，正身處最幽閉的黑暗裡，注視著銀河系裡那溫柔的光芒。

離家已經十個小時，我不知道自己飛到地球上哪片海洋，只知飛機上沿著壁板震動共鳴的頻率和不時晃動的氣流，它們漸漸成為一首搖籃曲。我從來沒有在飛機上失眠過，一覺醒來從地球的一面飛到另一面，對我來說就像是坐上飛馳夜空的鐵道列車一樣夢幻卻平常。

每隔幾年母親總會問我為什麼還要飛行，為什麼不換工作。我無法誠實地對長輩說，是因為這份工作給了我大片距離，足夠的距離。

去遠離你們。

我是一個矛盾的人，喜歡熱鬧本身，但更喜歡與我只有一點點關係、不用我承擔的熱情。像是面對新年時前來拜年的親戚，我會躲在房間躺著看書或看劇集，默默地聽著門外的川流不息，用自己的方式去感受彼此身體內流淌的同一個血源，正在發出隔著大片生活的溫熱。

又例如是夏天，坐在巴黎塞納河旁的咖啡廳，買一份奶油可麗餅和冰巧克力，聽著這個城市優雅的喧鬧從幾百年前的上游一直流到我的腳邊，洗去我從那遙遠家鄉帶來的塵埃與煩躁。

我擁有了抽身離開和回來的自由，這些都是成年後我好不容易才得到的能力。雖然這種能力毫不光鮮亮麗，也許別人有別的方法實現這種自由，但對我而言，這是一種確保我擁有最多自由時間，以及與人交流的生活方式。

我在每一次的離開中蛻皮，在陌生的城市中拾獲新的風、新的語言、新的味蕾，修修補補縫縫貼貼，蛻變成全新的自己。

以前我不明白，為什麼愛著一個人或者一個地方，卻還是會有逃離的衝動。

但現在我懂了，是人就會有逃跑的欲望。

生活本就是一所巨大的監獄，我們總是想探索另一種選擇的生活，卻又有輕易後悔的壞習慣，於是不敢肆意妄為。同樣是因為愛，所以不想將愛的人視為獄卒，我也不想成為監禁他人的那一位。

我用著一種最堂皇的理由去逃離。雖然辛苦，但是在我找到更輕鬆地逃跑的方法之前，我還是會選擇向夜色中飛去。可能是因為我知道醒來後抵達的，始終是新的彼岸，新的自己。

可能更好也可能更壞，但都是不一樣的自己。

—— ✦ ——

「一個人不會寂寞嗎？」

親愛的，寂寞大概是因為，你仍未能得到你想要的事，想愛的人，或者是看見世界的方式。於是便希望走到人群之中，被親人朋友無時無刻地包圍，讓別人告訴你快樂的各種可能。

我從不希望我的快樂全是團聚所給的，如果可以平衡地選擇，我希望人生中大部分的快樂都是一個人時找到的，或者是一個人時察覺到的，即使它們已經逝去。

要成為一個人，那就必須遠離那些我愛和愛我的人。

這是我從小到大的煩惱：家中太多人了。歡笑、斥責和閒聊塞滿了生活，他們都是愛我的人，遞給我的都是喧騰的愛，可我只有在夜裡，才能聽見自己的聲音。

你想要的東西，不能奢望別人來告訴你，想要的愛，也是只有自己才能摸索它真正的模樣。

長大後才發現，幸運的不再是因為你單純被愛，真正幸運的是你被愛的方式剛好是你想要的，所以人才會感到幸福。

所以我慶幸亦感謝丈夫不是一個缺乏安全感的人。我們都不需要太多物理上的陪伴，他工作時要不受束縛，沒有顧慮地由天亮拍攝到天黑。而我在寫作和發呆時，也是一個人更加自由快樂。

兩個人有兩個人的幸福，一個人的愉悅雖然是帶有孤獨底色的，這份孤獨卻並不寂寞。

有時我會懷念那個渴望二十四小時都陪在戀人身旁的少年和少女，但是當你愛一個人，你會想愛一個豐富而不是匱乏的人，也希望自己有更多值得被愛的內在。愛情，絕對不應該是兩個人緊抱在一起，然後把彼此的世界圍封起來，你和我就在這段關係裡醉生夢死。

「一起度過生活，走完生命。」那或許是愛情的一種。

但這大概只是愛情最基本的模樣。

更深刻的愛情，應該是我們兩個人一起練習一個人的生活。

一種富有生命力的生活。

這樣的逃離並不是逃避。我們允許對方學習，離開彼此去冒險、受傷和失敗，迷惘與掙扎，渴望進步與挑戰，正正是這種充實生活，灌溉著我們的愛情，讓它長成茁壯的模樣。就算有人會在途中分開，但我們始終都因為這段關係，成就了更好的自己。

「真正的愛不應該是綑綁而是釋放。」

愛永遠都不是畫地為牢，而是我想讓你看看，這萬千世界的一切一切。

「我相信你值得更好的自己，相信那個更好的你，正在你的未來等你。」

又是在這樣的一個黑夜之中，我獨自乘坐鐵鳥。我想，在它的翅膀之上有多少人是在逃離，又有多少人正在回歸？光年以後回頭看，或許人類仍然在逃離，不過是由天際變成星際，由離開乾癟的土地到離開這衰竭的星球，都只為了回到更好的歸宿。

這就是我們的命運。人就是一直在重複遷徙與回歸，就像我在離地三萬呎的漆黑之中，帶著身上的污跡與疲累，但還是會享受這樣的時光，期待著離開人群在異鄉所途經的景色，渴望著回來後有什麼故事要對你們分享。

我們只有在抵達時間和距離的荒涼之際，才能懂得擁有中和失去過的，均是溫熱。

此生皆旅途，我的目的地，是被我喜歡的自己。

是因為愛你，所以熱愛生活中這好的壞的一切，還是因為有這一切，所以懂得愛你。

都是走遠了才能明白到的事。

／幸運的不是被愛，

幸運，是被愛的方式剛好是你所期望的。／

我沒有流淚，我也沒有在聖城流淚的資格。

在人來人往的耶路撒冷，

神聖的城牆與哀傷後乾掉的淚水，

都有著同一種凜然的冷冽。

許多輪廓於生命之中出現過，遙遠的、只見一面的，或者血濃於水的，我帶著他們的記憶，說過的話，或者有意或無意中教導我的價值，去活著。

這樣想起來，連餘生的寂寞都帶點透明的重量。

PASSENGER
CARS ONLY

不是每種愛都堅強

柔軟和緩慢

也可以是愛的真相

你只需要向前走。走過人聲鼎沸之處，

走到孤獨的世界盡頭，走在記憶之外的荒蕪。

你，是我每天堅定而唯一的選擇。

請宇宙為我們作億萬年的見證

願以你我此生漫長的旅途

抵達彼此所在的繁星

應許之地的眼淚

一

特拉維夫的機場，有一隻住在機場的貓，甚至可能不止一隻。我每次到達，總要花上差不多一個小時等待入境。職員漫不經心地翻看我的護照，我仔細盯著，到終於能夠通過櫃檯，就迫不及待翻看護照每頁，看看有沒有留下不應該被蓋下的印章，檢查無誤才能放心。此時穿過玻璃門，通常就能看見行李帶上有一隻黑白花紋的奶牛貓懶洋洋地躺著，看著人來人往的遊客。

緊繃下有著鬆弛的底色——以色列對我而言就是這樣，一個很矛盾的地方。

至今我去過特拉維夫四次，未到達以前，我腦海中的以色列是一個與埃及差不多的中東國家，塵土飛揚，亂中有序，百廢待興。然而每次踏上這片土地我都會有種感覺，這是一個在荒土上用金錢隨意堆砌的城市。

高樓與大廈沿著沒有盡頭的海岸線建立，馬路旁泊滿昂貴不菲的跑車和接待旅客的大巴。但當你往海邊的相反方向走，潛入城市中的巷角，便會發現許多空置的商店，說不清年分的建築偶爾在新建的屋房中豎立，當中斑斕而發青的玻璃窗被地中海吹來的海風吹拂，似乎積累了近百年的鐵鏽。

這個城市有廢墟，有古蹟，有商店，有高樓也有夜店。歐美許多富豪的子女都喜歡在特拉維夫度假、置產。每到晚上，酒吧與夜店的激昂音樂會混合海風吹遍沿岸，紙醉金迷。以色列的東西無論有沒有標價，都一律很貴。

但當你稍微在這種金錢打造的樂逸中開始習慣，全城的警報聲可能就會猝不及防地響起——第一次聽見特拉維夫拉起警報時，我正走在海邊，看見海灘上的本地人和旅客都往岸邊奔跑。我下意識地轉身跑回酒店，大堂內酒店職員見我跑得氣喘，安撫著我，對我眨著一雙自豪又堅定的眼睛：「請你放心，特拉維夫擁有全球最先進的導彈攔截系統。」他想了想，然後補充：「沒有人會因此受傷。」

到現在我還記得，那一天晚上下著雨，警報聲偶爾響起，連著雨點打在窗外的棕櫚樹上，密集得讓我以為有星星正在墜落。

我感覺自己住在玻璃罩裡，玻璃外搖搖欲墜，我睡不安穩。同時看著電視新聞上的火箭炮，真的像流星一樣在空中劃過，然後又被另一發流星擊落，炸開，落下點點星屑——多麼殘忍的比喻，我想。

但如果真的有星星墜落，那應該也是一種煉獄。

最初我接觸到的以色列人，起碼在酒店和西餐廳裡會碰到的，基本上都是猶太人和移民到以色列的美國人。猶太人予人一種精明的感覺，他們會熱烈地講述以色列的歷史，言談間總是展露出自信。我在街上經常會看到一些金髮藍眼的年輕人，外貌俊美，像個模特兒。大多是土生土長的以色列人，父母可能來自美國或歐洲其他國家，事實上外表亦與西方人無異。

以色列是個全民皆兵的國家，男女都需當兵，因此不時會碰見路上有背著槍械的年輕女兵。有別於在美國街頭巡邏的警察那樣嚴肅，許多人望向我的相機鏡頭都會微笑。他們甚至休假時都會帶著被分配的槍械，於是你會看見男女生穿著短褲與泳衣，帶著步槍在沙灘上曬太陽的神奇畫面。

在我看來，特拉維夫就像是《模擬城市》裡被玩家任性地開拓出來的一個城市，什麼都有，有新有舊，每個種族的人各自守著自己的領域生活著，看似和平，快樂無憂得像個人造的天堂，裡面的人民毫不在意外面的紛爭，在這盡情玩樂。

隨著我一次又一次的到來，新聞上加沙地區亦傳來更多的炮火，警報聲對我這個旅客來說都漸漸變得熟悉，變得像商場裡消防演習的廣播一樣。每次我都被保護著，被不同的以色列人安撫，他們都向我拍胸口保證，這個城市是安全的。

但是不知為何，我內心始終有一種罪疚感。

我突然想起第一次到這裡時，酒店職員的那句話：這裡沒有人會受傷。

然後我終於明白內心的不安從何而來。

因為我無法相信。

我知道和平本身並不是——看見沒有人受傷。和平不單純只是這樣。

在特拉維夫的保護罩下，的確沒有人受傷，可是這不代表這個國家象徵著和平，走在街上，你看見無處不在的槍械；抬頭看，天空是透明的防禦系統；走出特拉維夫，不過八十公里以外的那個世界，射出或承接著真實的炮火。

和平不應只是對己，和平本身，不應該有內外與方向。

那一天我們參加了一日團出發去耶路撒冷，導遊掛著燦爛的笑容，在旅遊車上拿著麥克風對我們說：

特拉維夫的名字出自希伯來文，意思是山上的春天。

這裡真的四季都那麼溫暖，像個永恆的春天。

這裡沒有人受傷……

只要你閉上眼，然後願意相信。

二

耶路撒冷，是每個到以色列的人必須要去的聖城，它是以色列和巴勒斯坦雙方都爭奪的首都，同時是三個宗教的聖地。數千年來，它的城牆濺上過無數的血與淚水。因此我對耶路撒冷有一種無力的濾鏡，它光環下罩住的是人的神聖，同時是人性的污點。

我個人的宗教觀比較模糊，我相信有神，但如今已沒有特定的宗教信仰。長大後我不願意相信神的指示是如此狹隘——三個宗教的起源都是同一個神，激發起人類後來的虔誠與紛爭的原因，卻是出於後世譯經與傳經的差異之上。歷史上的人類善於利用宗教來達到統治目的，得到土地與利益，然後殘酷地排除異己。

祂不應該會容許任何一種殺戮。

第一次去耶路撒冷時，正值加沙地區與以色列再起衝突的時候，不時有零星的炮火由加沙射向耶路撒冷的方向，所以我們猶豫很久要不要出發。

導遊再三向我們保證，行程會到達的地方都十分和平，炮火都是虛張聲勢的襲擊，從來沒有成功擊中過聖城。只要放棄去屬於巴勒斯坦管轄區的伯利恆，剩下的都是十分安全的路線。於是我們決定按照他說的行程，如期起程。

遠離特拉維夫，現代化的建築逐漸減少，車窗外我看見荒蕪的公路，田地，泥造的空房，導遊是個四十多歲猶太人，笑容滿臉，帶著一口希伯來文口音的英語，沿路向我們解釋以色列的歷史，自豪地講述猶太人被流放三千年後是如何重返故土。嚴格來說耶路撒冷不屬於任何一個國家，它雖然落在了如今以色列的境內，但由於不同宗教都視它作聖地，它的所屬權一直未能得到國際共識。

到達耶路撒冷的城區，並沒有我想像中的殘舊，聽導遊的解說才知道這還未到舊城區，直到過了滿布彈孔的錫安門，才像是走進了另一個世界。

舊城區被劃分為基督教區、伊斯蘭區、猶太區以及亞美尼亞區。穿過不同區域，導遊帶我們走過耶穌受苦難時停留十四次的「十四站苦路」。《聖經》中記載耶穌便是在這段路被判死刑，背上十字架，遭受鞭笞。當中西蒙教堂外的牆壁上有一個手印，據說是耶穌在途中體力不支扶牆時所留下的。旅客經過都會將自己的手放上這個凹陷的掌印裡，我也試了一下，嘗試感應那牆壁上二千年前遺留下來的痛苦，卻只能感覺到石頭傳來的陣陣微涼。

苦路的最後五站都在聖墓大教堂。這裡是耶穌遇難、被安葬以及復活的地方。因於小時候家族與學校信仰的關係，人生中我去過很多教堂，並沒有任何一個教堂像這裡，予我一種空氣中只剩下悲傷的感覺。

教堂的天花頂極高，因此裡面十分昏暗，必須要瞇起眼仔細觀看，才能看到牆上與天花板上那些精緻又繁密的雕塑及壁畫，同時因為千百年來經過不同政權及教派接管，這裡不斷被破壞及重建，裡面的結構錯綜複雜，不同教派風格（天主教、基督新教、希臘正教和東正教等）的建築在這偌大教堂的各處分布，有許多祭壇、小教堂以及石碑，如果要完整逛完及讀懂所有故事，想必要花上數天。

即便是如此宏偉的建築，在過道與狹小的祭壇處都會聚滿了密集的人流。加上晃動的燭光與薰爐中傳出的香氣，我在途中感到有點頭昏，決定往回走，返回一開始進入教堂的大門。

教堂入口處的兩扇大門被歲月磨削成粗礪的模樣，被推至兩旁，不斷有人從世界各地經過這裡。他們是如我一樣的遊客，有穿著制服的學生，亦有年紀老邁的朝聖者。我在教堂二樓高處向下俯瞰大門處，柔和而神聖的一道陽光從兩道門扇之間灑進室內，空氣中的塵埃不斷被行人揚起，在氤氳迷離的光柱下緩緩飄蕩，兩名身穿層層長袍、拿著長杖的朝聖者互相攙扶著步進教堂內，像是耶路撒冷幾千年來的沙土正在保護這些佝僂老者，去完成這一生中不知第幾次的朝拜。

這一個畫面彷彿千百來被不同世代的人承繼，剎那間讓人不知時光停在何年何處。

大門正前方的地上有一塊平整而斑駁的石板，人們相信那是耶穌下葬前被塗抹聖膏的地方，信徒普遍認為聖人接觸過的物件都能成為賜予他們祝福的守護符。這解釋了為何不停有遊客向石板跪拜，用手掌觸摸石板然後禱告，更有人攜著一大袋十字架、念珠以及畫像放在石板上，口中唸唸有詞。當中有人唸完經後，往石板上擺放的物件拍照，此時我聽見身旁一對夫婦說，他們都是將這些「守護物」拿回自己國家賣給信徒的商人。

導遊告訴我，基督教濃烈色彩下聖墓教堂的鑰匙，竟然自古是由伊斯蘭教徒來保管的，以示這個神聖的教堂並不受任何教派的控制。如今兩個穆斯林家族的後人每天負責聖墓教堂的開門和關門，可他們不會參與裡面的儀式與故事，他們有自己的清真寺。這個傳統可體現出耶路撒冷聖城內複雜又悠久的歷史，人類幾千年來，當遇事無法和解，再怎樣奇妙的處理方式都會被人接受。

離開基督教區，我們來到了猶太區，到達了聖城內歎息之壁——哭牆。

如果說聖墓教堂內彌漫的悲傷是肅靜的，那麼這裡空氣中的悲傷，就是可以被聽見和看見的。

哭牆是遠古時期猶太國第二聖殿的遺址，二千多年前猶太人從這裡被羅馬帝國放逐，被迫流浪至世界不同角落，於是千百年他們都如此渴望重返耶路撒冷的這面城牆下，哭訴他們血液中的流亡之痛，這裡亦被認為是最靠近上帝的地方，上帝會在哭牆上方看顧著牆下的信徒。所以禱告與哭泣的聲音從來沒有一天在此處竭止過。

哭牆以性別劃分兩邊，我只能走到女區那邊，看見無數個祈禱者來到哭牆前，親吻或將身體觸碰牆壁，哀悼、流淚、誦經、祈禱。她們會將寫滿願望的小紙條塞進牆體的隙縫與坑洞之中，然後再朝牆體不斷點頭。後來我問導遊，他說是因為猶太教規定在禱告時呼喚神的名字便要點頭，是以虔誠的教徒帶著他們最大的敬意，不斷向牆壁點頭敬拜。

我因好奇，透過圍板之間的隙縫望向更廣闊的男區，那裡有著同樣的祈禱聲與哭聲，不同的是這邊的許多男人都穿著清一色黑森森的長袍，誦經聲更為激昂。早在踏進猶太區之時，我便留意到這群身穿黑色長袍西服，頭戴黑帽假髮以及面留鬍子的男士在城內快速走過，我意識到曾在紐約街頭也見過類似服飾的人，那時無知的我以為是個人穿搭的一種，後來才知道，那是哈瑞迪猶太人傳統的衣著。

離開哭牆時正值黃昏時分，我放下哭牆旁予人借閱的經文，往集合地點走去。離開時回頭再望一眼，看見不遠處金碧輝煌的清真寺的圓頂在發出一抹柔亮的光。那裡曾經是猶太人建立第一聖殿的所在地，如今已成為伊斯蘭教的聖殿山，那抹看似近在咫尺卻始終無法觸及的光，彷彿象徵著就算多少年後猶太人凱旋回到故鄉，還是有無能為力的地方。

這種無能為力，源自於一個永遠無法得到人類共識的疑問：這個地球上每片土地，本來又是屬於誰的呢？

我從小便喜愛歷史，但自覺這種喜歡是狡猾的，那些豐富的過程與塵埃落定的總結，後世只要在紙上輕輕讀過便可，不用親身經歷那些苦處與血淚，便能享受那些歷史的成果，被告知定下的答案，然後只能選擇相信。如果不信，也無痛無癢。

但在那一天走過耶路撒冷，我明白歷史的重量不在那些華麗建築、不在宏偉的牆體，更不在多少被抄寫的故事，而是在於每個人類的世代積累下來無法排解的悲慟。過去人類承受過的迷茫、痛苦、如今仍在世界各處被人類燃點重演。

硝煙不只出現在千年前耶路撒冷，但人只願意看見耶路撒冷，牢記歷史中的悲傷，而對正被時光壓鑄成為新一批歷史的現實，視而不見。

歷史成為了血與淚潸然流下的原因，也成了今天蓋過新鮮哭聲的盾牌。

我沒有流淚，我也沒有在聖城流淚的資格。在人來人往的耶路撒冷，神聖的城牆與哀傷後乾掉的淚水，都有著同一種凜然的冷冽。這裡夾雜著不同民族的恩怨，宗教與文化的融合，戰爭與歷史的衝突，全都在耶路撒冷這不大的城牆內流轉發生。

哭牆之下我久違地禱告，原來小時候背過的禱詞並不會被遺忘，身體都會自動地唸出來。雖然我已遠離了宗教——因為我始終不喜歡懺悔二字，人類不應該永遠在做錯事以後尋求無力的原諒，而是在一開始，便盡力杜絕做錯事的衝動。

可惜人不懂。即使有一天紙條塞滿了地球上所有的縫隙——人類擅長的都是後悔，而不是改變。

三

第三次到特拉維夫，再次生起了出行遊覽的念頭，但不想再參加行程匆忙的旅行團。上一次耶路撒冷之行雖然精采，很多時候我卻是在短暫的自由時間中漫無目的地遊走，對導遊略帶口音的英語也不是十分明白。出發之前我從社交平台上看見有背包客推介一個特拉維夫的一對一嚮導，是一名能說流利英語的以色列大學生。得到她的聯絡方式後，我向她發預約電郵，未幾便得到她確認的回覆。

當天，她駕駛著一架灰色小汽車來接我，她比我想像中年輕許多，有一頭美麗濃密的曲髮。她說她叫漢娜，那是她的英語名字，我才知道她是猶太人。

我說我已經去過耶路撒冷了，今次想深度地逛逛特拉維夫及死海。她笑著說，就是因為我在行程中沒有要求到耶路撒冷，才會接下委託的。我問為什麼，是只為怕不安全嗎？她搖搖頭，說只是因為那是她家族所在的地方，而她一直避免回去。

漢娜的父母是猶太原教旨主義的信徒，就是我在哭牆的男區下，看見穿著黑袍黑帽的那群哈瑞迪人。根據她的解釋，哈瑞迪人是最古老正宗的猶太人，同時是現今以色列中一群很微妙的群體，因為他們的族系歷史悠久，威望甚遠。他們大部分人都反對以色列建國和與巴勒斯坦發生戰爭，認為如果「被流放」是上帝給猶太人的旨意，那麼猶太人便應該放棄建立國家，而不是不斷發生戰爭與衝突。

哈瑞迪人會花上一生去研究教義，男性不用工作，女性負責家庭的運作以及生育——傳統派的哈瑞迪人不會避孕，他們認為孩子是神賜予的，因為教喻中上帝叫他們「to be fruitful and fill the earth」，導致如今以色列的人口中哈瑞迪人占了不可忽略的比重。以色列政府為了取得哈瑞迪人的支持，准許他們不交稅，不用參軍，並會發放生活津貼。

所以每天都有這麼多黑衣黑帽的哈瑞迪人前往哭牆禱告、讀經，這不是偶爾的朝聖，只是他們日常的生活，甚至可視為工作。

然而漢娜對我說，作為哈瑞迪女性，她感受到的是不公平，七兄弟姐妹自小得到的資源都十分匱乏，母親既要養孩子又要工作幫補家庭。雖然她的家不算是最貧窮的，也算是有讀書的機會，但是她不希望自己重複母親的命運，成為一個不斷生育的機器。於是她決定離開家庭，在特拉維夫打工，不時接下導遊的工作，以支付自己的大學學費。

我們一路在公路上飛馳，漢娜的外表看似文靜，駕駛技術卻是厲害，本來需要好幾個小時的車程，感覺不用兩個小時便到達了。付完費用，便可以進入死海公園的範圍。

死海其實不是海，它是世界上海拔最低的大湖，像一個在盤地上凹下去又被水填滿的碧藍色窪窿。由於湖內鹽度極高的關係，湖中沒有任何生物之餘，放眼望過去湖面也沒有一絲的漣漪，真像個被死亡縈繞的靜謐海洋。但事實上死海的湖底含有豐富的礦物質，因此死海泥受人追捧。

還未走到死海的湖邊，便已看到有好多「泥巴人」出沒。他們不斷往身上塗滿灰黑色的死海泥，有人甚至拿著玩具鏟子將泥巴往塑膠袋塞，帶走大自然的饋贈。

漢娜蹲在岸邊，從她的背包中也取出一個小鏟子，扒出泥巴後喚我過去，然後二話不說就將泥漿往我的雙臂和大腿抹上，我傻乎乎地坐在岸邊，在她的塗抹下，我很快也加入了「泥巴族」，變成一個看不出膚色的泥巴人。

「好了。」她像個替玩偶打扮完畢的小女孩一樣看著我：「現在你可以下去了。」

我望向面前的死海湖，問她你不下去嗎，她搖搖頭：「你把手機給我，我負責幫你拍照。」

死海的湖水淹沒我雙腿的瞬間，我便明白了她拒絕陪同的理由——刺痛感爬上我的神經，彷彿有那麼多支細針在我的腳上鑿出許多個密密麻麻的傷口，再用水銀將它們灼傷。我的皮膚本就十分乾燥，湖水中高度的鹽分便彷彿是在往那些紋理中的傷口撒鹽。加上湖底那些碎石割著腳底，幾乎令人寸步難行。

漢娜在岸上一直鼓勵著我，叫我堅持，痛楚很快便會消失了。我咬著牙根，等待痛楚褪去。

想必當時我的臉容一定十分猙獰，我走到更深的湖水處，鹽分導致的極大浮力令我必須用腳趾抓緊泥土，才不至於在湖中滑倒。到達了一個較少人的位置後，漢娜叫我放鬆四肢然後慢慢躺下，我帶著微微的恐懼照著她話做，卻發現身體比我想像中更容易便漂浮起來了，我拿起口中一直咬著的小書，讓漢娜替我拍下看似輕鬆但實際艱難萬分的死海看書照。

漂浮了好一會兒，我往岸上的她走去，她已準備好毛巾幫我抹去剩餘的死海泥，然後叫我摸摸自己的手臂，我神奇地發現皮膚果真嫩滑了許多——看來那些以死海泥為主打的護膚產品的確有它的根據，我頓時後悔沒有像其他人一樣帶容器來盛點泥漿回去。

回去特拉維夫的途中，漢娜一直跟我聊天，我真心覺得她是一個十分稱職的嚮導，起碼同樣身為女生的她知道我需要的是什麼，會在我開口以前便問我要不要這樣做，或者給出多個選擇讓我參考，又會拍好看的照片。她沒有像其他導遊一樣說著相同的說辭，相反她不斷問我問題，讓我感覺自己是在跟一個朋友在聊天，而不是在上什麼政治或歷史課。

我們在特拉維夫的街頭亂逛，她帶我去吃雪糕、買鷹嘴豆醬，逛當地的市集。我本想在最後請她吃一頓晚餐，她卻婉拒，指著面前的水果攤檔，說送她幾個牛油果就好。碰巧這檔主是個很有趣的大叔，看見我倆一個以色列人的臉孔一個亞洲人的臉孔，不斷稱讚我們擁有兩種不同的美麗，我們都被他逗得忍不住笑。大叔還說他是水果之王，單憑撫摸能辨別出水果的生熟程度，如果不準的話可以找他退錢。

他拿起一個放在籃裡的牛油果，煞有介事對我說：「這個牛油果你一定要明天吃，今天吃不行，你必須答應我明天才能吃它，不然會糟蹋了它的生命！」

他讓我想起在悉尼的水果檔看到一句標語，大意是：牛油果只有「再等等⋯⋯」和「哎喲！」──無可避免的腐爛。

我對漢娜說起這句話時，她笑得誇張。

「沒有辦法。」我說：「人們對於看不見的東西，便會失去大部分的判別能力。」

她點頭：「有些人看不見了，就可以當作不存在了。」

當時的我從她的笑容讀不出更多的訊息，但我一直記住她這句話。

道別時我將今天的導遊費及額外的小費遞給她，並向她道謝。她說她也很高興認識我，我在各國的見聞對她來說也很新奇，總有一天，她也要去悉尼看看那個在千里之外也能引她一笑的水果攤。

她問我什麼時候回去。

「我明天便要回家了。」

「真好。」她說：「我四處流浪，我沒有家。」

我頓時沉默，不知如何回應，只能目送她駕駛著她的小汽車離去。

後來我再次遊歷各個國家，在不知年月的飛行之中，我想到一個答覆，沒能在當時對她說：「你沒有家，所以你才可以四海為家。」

時間來到二〇二四年，我在網路上看到了哈佛大學畢業代表生的演講，名為〈不知道的力量〉。以下是我理解後寫下的筆記摘錄：

「我們學習歷史，不僅僅是學習那些被寫下的章頁，更應該學習的，還有歷史中的空白。空白中填滿的不是沉默，而是未被記下的事實或未掘出的人類身上那些活生生的喧鬧。因為人類從來都『不知道』，古人不知道如何學習，不知道如何面對戰火——所以我們才獲得了探知的意欲和能力，人類是從一次又一次歷史的無知中，得到了進化的力量。」

同樣地，「不知道」應是道德的出發地，而不是藉口，假裝不知道才是人類的墳墓。

我向漢娜轉發了這段演講影片，她讚好了我的訊息，然後她對我說，她正在美國唸研究所。我說真好。

再後來以巴局勢升溫，我從新聞中看到戰火與硝煙不斷升起，大量平民受傷，更多的人無家可歸。

我想我在短時間內都不會有機會再到以色列，不會知道那裡的海風與日光是否還如記憶中清涼與明媚，不會再有機會遇見，那些總是讓我感到新奇的人和事。

但正因為不容易知道真實的現況，或者太容易變得「不知道」，我才希望更多的人可以記住那片土地上發生過或正在發生的一切。即便透過我的文字，透過我片面的描述，去觸發認識這片土地的契機，那都是有意義的。

因為「知道」是一切的開始。

也許，應許之地從古到今都是一個被淚水淹沒，卻依然乾涸的地方。

歷史上那些空白故事還會繼續被寫下去，只要寫的人還在。

這片被神聖光芒和力量所庇佑的土地還是會流淚，只要人類還在。

愛只是殘點

是從什麼時候不相信一生一世的喜歡呢。

大概是，我有一天將珍藏已久的簽名唱片弄掉了以後。

那是我十五歲時心心念念的樂隊，曾花過許多個凌晨抄寫他們的歌詞，給他們寫信，半夜排隊等待他們的路演，他們曾是支撐我的希望，是那段青春一大部分的代名詞。

但是二十二歲從日本回來以後，忽然覺得，那些積在角落的舊物都已經完成了它們的意義。家中早已沒有唱片機，連新買的筆電也被刪掉了光碟讀盤，我亦好久沒有追蹤他們的消息了。後來再也無法真心喜歡他們新出的歌曲，始終覺得失去了某些靈性。

他們的歌裡面仍還在不斷下雨，但我已經搬離了那些密集的雲區。痛楚早已放下，被夾扁在某一年那一本不會再翻開的日記。是我從某年某月開始，放棄了尋找他們，同時是他們，未能在這麼長的時空裡用歌聲到達我的內心。

我們之間失去了互相接通的那一道隙縫，那些人不再與現在的我產生聯繫。於是我用手機將封套上的簽名與每張內頁拍下以後，鄭重地將那張唱片放到垃圾箱內。

喜歡上一件事物的那個瞬間本身是真實的。即使有時這種喜歡，無法與我們一直並肩。

人亦一樣。

我依然相信愛。只是相信愛的形狀不會是一條永遠不中斷的延長線。愛在許多時候，都只是殘點。

最歷久不衰的愛，是生命中每一件小事觸發的感動，是斷斷續續的高光點。

是出門前發現被注滿溫水的保溫瓶，走在馬路那邊為我擋著車流的身影，下雨天時留給我的一把傘，惡夢裡從現實那邊把我召回的一個吻，是流血時口袋裡摸到那張恰到好處的紙巾。

不必那麼頻繁，也無需偉大。只需及時在我墜進黑暗時閃亮我，照耀我，提醒我被愛的每個瞬間皆是如此平凡，我不用犧牲什麼、捨割什麼也能獲得。

後來我明白，愛是生命中的鼓點而不是旋律，是輕柔的和音而不是主唱。

我不必永遠深陷那些狂喜與哀慟的情感，那種為了奉獻而奉獻的愛，故而犧牲所有的自我感動，太自私。我想要的是在真正了解過我的需要後給出的，所有恰到好處的救贖。

所以我不喜歡有人在一開始對我說會永遠愛我。那種語境中的永遠說得太輕易，像黑洞一樣，輕易又霸道地將時間與物質塌縮。愛不應該是可以隨意塞進在一個詞語之中的，會讓我質疑對方是否真的懂得愛的厚度與長度。

九月，我在瑞士的菲斯特山，一下子從山腳坐纜車到海拔近二千公尺的最後一站。我坐在山頂附近的長椅上休息，喘著氣，因為不適應高海拔而頭痛。那是身體追不上內心所處的高度，仍在體內攀爬追趕的痛楚。

眼前的天空卻那麼湛藍，遠方的少女峰的峰巒與白雪互相吞噬，我被一片濃密柔軟的花草包圍。一隻牛在我面前緩慢地路過，對著我挑釁似的哞哞叫，我忍不住笑了，牽扯出更激烈的痛楚。

是應該走得更慢一些的。

如果你曾因為愛上一些景色或人事，而一下子奮不顧身地奔跑，導致後來受傷疼痛然後委屈控訴，我寧願你慢慢地走。

永遠在這些時候，會想起「永遠」的意義——是快樂時滿心想念你，受傷時內疚地想你，悲傷時委屈地想你，感動時想與你分享。這麼多一點又一點的瞬間連起來，成為愛這個沒有名字的星座，一直為這段感情守護與見證。

於是決定打電話給遠在地球另一邊被困囿於那片陰天的你，聽著你用悲憤又羨慕的語氣問我在這邊怎樣，而我笑著靜靜地說一句，沒有怎樣，但是今天我特別想你。

我自己口中的永遠，不會是持續的發熱，我成為不了那樣的太陽。沒有愛能讓彼此一生走在光明底下。我的愛亦從不偉大與完整，更像是碎片。

因為碎片比完整擁有更多的表面，不同的形狀，我將不同的愛嵌進你生活中的每個斷點，向你保證，會在往後餘生裡時刻給你愛的提示。輕輕的，不起眼卻何其重要的，就像是《糖果屋》裡那些沿路為你掉下的麵包屑，將會帶領我們回到彼此的臂彎。

親愛的，我不曾用力愛過你，是因為在彼此陪伴的餘生路上，我從不用費太大力量，愛你是那麼自然，猶像呼吸本身——那些必需而熟悉的溫柔，將永遠適時向你我提醒，這份愛的存在。雖然斷斷續續，可它確實存在。

死的輪廓

朋友說我是個很小心的人，會在陌生人面前保持警惕，一個人在夜晚出行處處小心，不時留意有沒有可疑的人，過馬路時不會看手機，點外賣都會用男性的名字，生活中有種小心翼翼的慎微。

他開我玩笑：「你很怕死嗎？」

我想了想，可能是怕的。但更怕的，是死亡於生活中浮現的各種預感。

「比起真的死，我更不喜歡的是見證死亡的感覺。」

「那是什麼樣的感覺？」

「空。」我說：「空蕩蕩。」

如果你曾在現實中看見過生命離去，會明白那是一片狼藉，而你是被遺下、沒有得到任何解釋的那一位。像是目睹了同伴承受途中巨大的痛苦後終於能夠離去，但他沒有留下任何答案，你仍需等待屬於自己那盡頭的痛苦。情感近乎沸騰，悲傷正在煎熬，你想找到出口，卻被困在健康完整的軀體之內。像個帶著前世記憶的嬰兒一樣，再也無法真心懵懂，深知還有一生未知的危難要途經。

我害怕死亡來時的聲音，多過死亡本身。正如我害怕坐上過山車前的折磨，多過終於從高空俯衝下來的刺激感。

而目前為止的人生中，我幸運地未有經歷死亡的機會，卻幾次近距離見證過死亡本身。

—— ✦ ——

第一年工作的時候，我就職的公司規定紐約線是由日本人與香港人負責執勤的。我幾乎隔月就會飛到紐約，那亦是我第一個到達的美國城市。

但是夢幻大都會對我來說，一點都不夢幻。

冬天在紐約走出地下鐵，我總是會有意識地避開那些在地底冒出的霧氣，不知為何，腦海總是會將紐約聯想成漫畫裡的葛咸城，街道陰森而混沌，空氣中時常氤氳著一種燃燒過後的潮濕異味，彷彿到處都深埋未知的危險。

當年下榻的酒店位於紐約州的長島，那是一個比較遠離市中心的地方。有一次到達酒店時已是晚上，我清晰地記得那晚是萬聖節，因為酒店大堂全都布置了骷髏頭或是蜘蛛模樣的裝飾，大堂的酒吧還在舉辦萬聖節派對，路過的人全都是奇裝異服。

我拖著行李箱回到房間，洗完澡已是深夜。睏意來襲，我關掉電視準備閉上眼睛，隱約聽見浴室傳來好幾次的沖水聲音，遙遠得像是隔了一個世界，我迷迷糊糊地想，應是隔壁房間的水箱發出的聲音。

一晚過去，或許是時差的關係，清早我已經醒來。到了快八點，一陣鈴鈴鈴的電話聲響起，我從床上坐起來，卻發現並不是我房間的電話在響，應該是隔壁房間的座機來電。鈴聲一直持續。

直到電話響了第三遍我才意識到，隔壁的住客應該和我一樣是機組人員，這些電話都是集合前一小時的Wake up call。大約是第一次的來電沒有人接，才有接下來的連環來電。

應該是賴床了吧。我想。

我沒有為意，然而電話的鈴聲一直響個不停，我的耳朵始終留意著隔壁的動靜。

忽然響起一陣敲門聲：咯、咯、咯。

我再次起身，這一次，我走到門前，從防盜眼的小洞中瞇眼望出去，沒有人站在門前，但我聽到門外仍有人在敲門，那應該是有人來叫醒隔壁賴床的住客了。敲門聲又持續了好一會兒，我實在太過無聊，便索性將耳朵貼到門上，聽到門外隱若有人在討論什麼，接著房的大門終於被打開。

突然有人發出一聲尖叫——

之後彷彿是瘋狂的笑聲。

是萬聖節的餘慶惡作劇吧？不知為何腦海中突然閃過前一晚樓下的萬聖節派對，大腦拚命轉動，將幾則混亂的信息拼湊，於是給出這樣的解釋。

我告訴自己，一定是這樣。

門外隱隱約約傳來更多的聲響，第六感告訴我事情正往不正常的方向發展。

我按捺不住，終於鼓起勇氣打開房門，探頭望向聲音的來源。

果然與我猜測的一樣，發生動靜的正正是右邊隔壁的房間。此刻一個高大壯碩的保安站在房門前面，雙手放在背後，沉著面看向我伸出來的小小頭顱。

“Is everything alright ?” 我小聲問。

那個禿頭的黑人大漢默默向我點頭，可惜未能安撫到我的心。

我躲回房間去，打開電視機，用被鋪包裹自己。

直到救護車和警車的響號聲從遠方駛至，我又從防盜眼裡再一次瞥到警察、酒店職員與救護人員的身影閃過——我終於肯定有意外發生了。還是一件不小的意外，否則不會動用到這麼多的人員以及警力。

當年的我很年輕，雖不至於恐慌，但還是不想在房間裡一個人待著聽著門外愈發誇張的動靜。我拿起包包走出門外，快速步向升降機。到達酒店大堂時，我看見一群機組人員圍在一團，當中更有幾位女士正在啜泣。

從那種巨大的悲傷氛圍中我意識到，應該是有人去世了。

事後我猜測，那幾通無人接聽的電話的確是給機組的Wake up call，應該是他們今早集合時發現少了一位同事，於是派人上房敲門，無人應門，只好請來酒店職員將門打開，最終發現了屍體。

那幾聲乍似笑聲的大叫，是悲痛和震驚交雜下的嘶鳴。當人面對極致的悲傷，有時只能發出嚎啕、狀似扭曲的笑聲。

我從他們的制服辨別出他們是什麼航空公司，然後用關鍵字眼，終於在網上搜索出最新的消息——「〇〇航空的機組人員於酒店浴室內上吊自殺」。

讀著報導裡的文字，我盡量不去與前一晚的細節互相拼合，不去回想，但我已來過這酒店好幾遍，碰見過酒店職員收拾房間的場面，便知道連號的房間都是如鏡像般相連的。我的睡床背後的一壁之隔便是他的睡床，而我的浴室背面，正正就是昨晚有人終結生命的浴室。

第二天晚上我躺在床上，浴室偶有幾聲斷斷續續的水滴聲音。我不恐懼鬼神，只是不免會想，前一晚那些隔壁傳來的雜音竟然就是一個人生前留下的幾絲動靜。當時我因疲勞而沉沉睡去，殊不知一壁之隔，有一個人影孤獨地吊在那浴簾桿上，從此長眠不醒。

將近九年的時光過去，從前公司離職以後我便再也沒到過長島，後來再到紐約，亦都是停留在市中心，被更多的繁華景色與高樓大廈包圍，體驗五光十色的夢幻都會。

我卻始終對紐約喜歡不起來。

也試過探索這個城市，如同我探索倫敦與巴黎過後都能找出它們各自的魅力然後抹掉它們的缺點一樣，卻只有紐約，無法與我產生共鳴。

白天我走進那晃著白熾燈的地下鐵，隨著列車的顛簸衝出漆黑隧道，看見雨水打在奔跑中的鐵皮車廂上，就像是源源不絕的淚水正在沖刷車窗上巨大的塗鴉。噴漆的顏料被水潤擦後，更加鮮明欲滴，卻彷彿是那些扭曲的文字，正在流淚。

然後便總是想起那年，那群圍在一起為同儕哀悼的機組，他們遙遠的哭聲。

我想我無法喜歡上紐約的原因大概是因為，無論是多年前的那宗意外，抑或是這九年以來每次到訪時遇到的種種——走在陌生的路上突然有流浪漢對你嘶叫，半夜響起的警車笛聲，地下鐵中暴躁地逃票的年輕人，每個冷著臉又築起防衛牆的店員，以及那個吊在房間裡無聲地逝去的人影——都彷彿是這個城市裡每一個被哀痛烙印的符號。

這裡恰好讓我遇見的，全是死亡的輪廓。城市中的塗鴉、斑斕的痕跡與污垢，都是每個人奮力掙脫命運的疤痕。彷彿這裡的每個人都注定無法尋找到內心的安寧，無論是在生的人、正在死去的人，抑或是已逝去的靈魂。

—— ✦ ——

第二次接觸死亡，沒有那麼多起伏的情節，是關於我親人的逝世。

接到外婆病危的消息時我剛降落在東京，收到消息後立刻安排最早的航班飛回香港。然而當我到達醫院時，只看見外婆靜靜地躺在病房上。她只是靜靜地躺在那裡，所有喉管和儀器都已經被移走。

有種疑惑與陌生在心中浮現，下一秒我便明白了這種疑惑從何而來——我已經很久沒有看到過外婆完整的、不被遮蔽的一張臉了。沒有插喉，沒有氧氣罩，手臂亦沒有點滴，這種素淨象徵她已遠離生死的掙扎。整個身體理所當然又久違地沒有任何附加的累贅。

身體變回了只是一個，軀體。

外婆的喪禮上，打潮州齋的喃嘸師傅在誦經。我們靜靜地看著他用我聽不懂的語言在唸唱，手足不斷誇張舞動，似是要做給看不到的逝者看，但其實看的都是生者，大人們都在不明所以地監督。然後我們跟著指示低頭，過虛構的金銀仙橋，上香，做很多我不解的動作。

我有點叛逆地想，即使這些動作設計都是即興的，我們也無從得知，只有外婆會知道。

瞻仰遺容的時候，我終於再見到外婆。

她躺在棺木裡，被裡面厚重的綢緞包圍，整個人卻像縮乾癟了一圈，更顯瘦小。她的臉龐被濃郁的顏色加深了五官，像是要勾勒出她生前的表情，卻是一種讓我陌生的描劃。因為自我出生起外婆便是不化妝的。她皮膚本就很白，總是垂著眼睛，手捻著一支菸向我微笑。我幾乎要懷疑眼前的外婆是不是我的外婆，但看見媽媽和其他親戚的眼淚，我便知道這是真的她，讓我們陌生，卻真的是她。

她留給輩分不一的人不同的回憶，姨媽和我媽見證過她大半生的辛酸，我父親見證過她的嚴肅，我們這些孫輩，有些如我只記得她的仁慈，有些可能只收穫過她的冷漠。她的愛恨與喜好也許沒有邏輯，卻很分明。但到了這一天，我們抵達了同一個最終的客觀印象：她最後的一面。

媽媽叫我去跟外婆說一聲我來了。我握著外婆的手，很冰，是一種會讓大腦感到慌亂的冰冷。腦海中記憶的明明是溫暖的身體，但這一刻親手接觸到的溫度，是與記憶中相違背的冰凍，像是從冰箱拿出來的冰鮮品一樣，於是腦袋會產生抗議，會有一個訊息彈出：這不符合常理，這不是外婆。然後理性將你的抗議狠狠捏住、撕掉，說，都這個時候了，別像個孩子一樣鬧彆扭了。

然後我只敢輕輕地再用指尖感受外婆的皮膚，我感覺不到任何水分，亦沒有一絲的柔軟度，表面剩下一種膠質的觸感，充斥著消毒劑的氣味。為了保護這個遺體的外觀，我不禁想他們下了怎樣的工夫，亦不想知道她的身體遭受過怎樣的方式，像處理死物一樣對待一個曾經的活人，僅僅只是為了再留在世上多幾天，供我們集合道別。

死亡來臨的剎那是什麼感覺，那是一個千古之謎。

然而我現在終於知道死亡席捲後那是一個什麼模樣，就是留下一個空蕩蕩的殼，你只能往裡面填入你的視線，回憶，唏噓，反思，以及只對自己有意義的和解。

最後輕輕在心中默唸一句去吧，放不放得下，它都不再理會，前塵已理會過你太多，是你不曾稀罕。

死亡的結果又是如此真實簡陋，便只是簡簡單單地將溫熱從一具活生生的軀殼中抽走。我想，靈魂應該是溫柔的，最起碼是柔軟的吧，不然為什麼失去靈魂的殼，全都只剩下冷凍與僵硬。

我其實不害怕死亡本身。因為每個人都在一點一點死掉。嬰兒也好，老人也好，健康的人也好，患病的人也好，你也好我也好，全都在走向死亡的路上。沒有人知道自己為什麼被生下來，那不是我們父母的愛或衝動就可以擅自決定的意義，不管他們的本意多麼溫馨或空白。但是起碼我們還有能力決定自己人生的意義，以及死亡的意義。

為了尋找這些意義，人要創造快樂的回憶，感受更大的悲傷，走過日復一日的平凡，然後走向終點，領悟出自己的死的答案。

這樣的死亡是突如其來的，卻又應該是早早知道的結果。生命的鐘擺始終有停擺的一天，我們都公平地擁有同一個結局。不公平的是有些人有更多的時間去尋找生的意義，卻沒有真正地活過，有些人有大覺悟，卻沒有太多的時間。

你們都走了，剩下冰冷的軀殼，以及圍觀你們的人。

或許到最後會發現天堂是燃熱的，冰冷的其實是人間。

我見證過寵物的死亡、旁人的死亡，以及親人的死亡。不管親疏，他們的死都讓我感到一貫的虛無。生命已畫上句號，死亡對活著的人而言留下的卻是問號：為什麼要死？走的時候有遺憾嗎？有恨過誰嗎？

逝去的人都只剩下模糊的輪廓，像外婆讓我感到陌生的臉和軀體，像隔壁房間那個我看不見、卻一直在浴室裡懸空吊著的身體。

到最後怎樣死可能毫不重要，重要的是如何活過，活著是延續死亡的最終方式。

我曾經說過一個人只要被人記住，便還活著，以回憶的方式存在。至今我仍這樣認為。遺忘才是將一個人真正殺死的方法。只要有人還記得你，說過的話、做過的好事或惡事，你便多多少少還在世間上活著，被愛著，或者恨著。

我正活著，帶著更多人的「死」去活著。

許多輪廓於生命之中出現過，遙遠的、只見一面的，或者血濃於水的，我帶著他們的記憶，說過的話，或者有意或無意中教導我的價值，去活著。這樣想起來，連餘生的寂寞都帶點透明的重量。

我對你說過那麼多回憶、故事與念想。未來有那麼一天，我離去以後，也請你替我活著。

Accompany

待在義大利的一週，景色優美大飽眼福，於飲食上卻幾乎崩潰。拿坡里的旅遊區餐廳很多，但非西餐廳的選擇通常味道乏善可陳，於是無可避免地吃了一週十幾頓的西餐，多虧了那麼多剛出爐的披薩和麵包，我的喉嚨很快便發炎，到了最後幾天，幾乎只能點肉類和義大利麵。

我尤其偏好後者，畢竟在歐洲，最安全和便宜的選擇永遠是義大利麵。

拿坡里的城區帶有一種暗淡的黃金色，像是幾百年前的輝煌與歷史一同被風乾後遺留的顏色，有種混亂的美麗，在萊卡相機與Kodak Chrome400的膠片下更見濃郁。

我們走進狹窄的巷子，找了一間評分還不錯的餐廳用午餐。我沒有猶疑地點了一客Spaghetti Napoli，因為是在拿坡里的最後一天，自然要點這個。這間餐廳有一點特別，就是它的起司粉並不放在餐桌上，而是要由侍應拿來一塊大大的起司磚，為你即場磨下雪粉般的起司粉。

有趣的是這間餐廳好像並沒有拒絕起司粉的選項，我不知道是不是義大利麵都必須要撒上調味料，哪怕只得一秒，你都要讓侍應為你撒下香氣四溢的起司粉，而他會精準地，在你舉手時停下手中的磨粉器。

侍應向我說明，這裡的起司是每天由店主在佛羅倫薩開設的起司廠新鮮供應：

「起司和義大利麵是best accompaniment，是彼此最好伴侶。」

我將撒滿了淡黃起司粉的義大利麵放進口中，明白了這個道理是正確的。

我發現人世間有些事物對彼此來說都不是必需品，但是只要在一起，它們便是最佳的搭配。

比如粗薯條和蕃茄醬，濃縮咖啡與Lotus餅乾，起司與木梨果醬。都是美妙的絕配。假若沒有對方，雖也不算是失去自己的價值，但從那些溫柔又珍重的蘸取當中，找到素未謀面下的默契，找到自己一生粗礪、柔軟或苦澀的理由，全都在找到彼此以後賦予了新的意義。

我到達過不同國家，發現旅遊時並不一定要吃最好最美味的佳餚，最美妙的是找到每個城市獨特的搭配，平平無奇的事物都能變得與眾不同，然後帶著這種搭配返回家中廚房，好好將這份奇妙的交錯收藏。它們就是這場旅途的紀念品，好比在各個國家蒐集的磁石貼。

人生也是這樣。

也許並不需要樣樣都是最好的，找到自己想要的搭配，就會在一瞬間讓乏味的生活流光溢彩。

離開義大利那天我問丈夫，你能想到的best accompaniment是什麼，他回答是萊卡M3相機與八枚玉鏡頭。但後者絕版後被炒至高價，品相好的更是罕有，所以他無法擁有。歎口氣，他問，那你呢。

我說那我比較幸運，我擁有最好的accompaniment了。

那便是我和你。

我們都可以獨自存在，但遇見了你，等同遇見了更耀眼的自己。

We accompany each other to experience a better world.

有你在的世界，荒唐都是可愛的一種。

走在告別的路上

人生總是不停地在告別。

或者應該說，我們就是在告別的路上邂逅，在告別之間相伴，然後迎來死亡。

同一種意思在中文裡的語意總是更加深遠，比如喜歡goodbye被翻譯成「再見」，每次說出口都似是許願：願我們會再一次見面，在下一刻，在夢中，在來生，在每一個明天。

數年之間有許多朋友選擇移民到國外，有的是孑身一人，有的是攜家帶眷。每次聽到誰又要離開都會感到恍然，我們曾經都是被困在同一處地方的人，小時候被困在那沉悶的數學課裡，看著外面的藍天，想要逃出去，拒絕留在原地。

現在我們都到了可以選擇自己去處的年齡了，有些人也的確這樣做了，但原來有能力離去和有能力留下，都是一種彼此沒有的勇氣。

那天在香港，跟一個剛決定要移民去英國的好友吃完一頓飯，道別時她笑說下次見面時可能便是在外國了，那一刻覺得對方說得有點誇張了。然而細心想想，以我們實際碰面的頻率來看，又的確如此。

記憶很近，長大以後的物理距離其實都不難克服，遠的其實是生活。

那些天天相見的人，包括父母、同窗和朋友，其實一直都住在同一個城市，卻被繁瑣的工作和生活阻礙了相見的機會。長大後孩子生病了，要上學了，要跟妻子或丈夫的家人聚會……一年只有五十二個週末，要麼留給別人，要麼留給自己。

我們都以為那些想見的人總會在時光的隙縫中滯留，為我們停下來。

但實情是每一分每一秒，每個人都必須走向他們自己的人生，從未歇息。

二〇二四年的四月，北半球出現日全蝕的現象。當天才看到這則新聞的我忽然想起一個在加拿大工作的朋友，於是拿起手機給他轉發了日全蝕的新聞。

幾分鐘之後收到他的回覆，是一張雲層之上的照片，他說“I'm chasing the sun!”我回覆幾個「？」，他不多解釋，僅僅傳來了一張登機證的照片。我才意識到他是在忙碌著什麼，便搜尋了一下照片上的航班編號。

然後我便找到了航班的新聞專頁——那是一班觀看日全蝕的特別航班，飛機沿著日全蝕的路徑而飛行，乘客可以盡情觀賞或拍攝日蝕現象。就如他所說，此刻他正在追著那個快要被遮蔽的朝日。於是十幾分鐘後我收到了許多照片，漫無邊際的蒼穹似是被墨色徐徐澆灌，只剩下中央太陽被月亮完全蓋住後露出的日冕，那一圈光環如同世界唯一的缺口，滲透出微弱但溫暖的光。

那一天我在香港的家裡，外面是一整天的陰雨天。我靜靜地躲在地平線上的小房子內，透過朋友的眼睛，也算是同步地看到了雲層後同一個太陽被吞噬的夢幻畫面。

告別的人真的不曾停下。那個追著日光的朋友，好像也如光速一般遠離我的生活。

曾經和我一起在放課後因為沒帶傘而被困在學校的那個人，今天走出雨空之上，告訴我被困在原地無法看到的景色，其實都是確切存在的。

“I just thought I should go to some place where the sun can shine on me.”他跟我說。

我不禁問問自己，為了想看的風光，可以跑到世界的哪一個角落？

又想起幾年前第一次到荷蘭。

一進酒店，發現所有電梯的按鈕都幾乎在我脖子的高度，我像是一隻小米菲兔走進了巨人的世界，感到新奇又有點不習慣。我有一位朋友和他的伴侶住在萊登，知道我來到了阿姆斯特丹，便約我見面。他傳來一間市區咖啡店的名字，我立刻在手機地圖查了一下，附近的確是有一間咖啡店，但是名字寫法稍微有點不一樣。我想著，可能是荷蘭語和英語的翻譯問題，按照地圖上的地點走去。

我來到了咖啡室坐下，卻發現和想像中的有點不一樣。餐單上的咖啡只有兩三款，倒是有一個品類的清單長得顯眼，各種名字就像是雞尾酒酒單般複雜。當我回頭，留意到店裡有不少蘑菇和樹葉的裝飾，而大部分的客人都在吸一種有點獨特氣味的菸，我終於意識到自己大概是走錯地方了。

也就是在這個時候朋友問我在哪了，他說他在×××Café，而我去的是××× Coffee Shop。

原來在荷蘭，Coffee Shop和Café是不一樣的。後者是我們一般認知下的普通咖啡店，前者則是持有合法牌照去販賣大麻的「咖啡店」。沒想到世界各地都有這些掛羊頭賣狗肉的行為，每個城市都有它不會明說但公開的秘密。

朋友終於來到，笑著把我領走。

來到了真正的咖啡廳後，我問他有吃過那些「蘑菇餅乾」和「葉子蛋糕」嗎？他說有啊，在這裡不是什麼驚世駭俗的事，問我要不要試一下？我搖搖頭說不。

我並不否認我是膽小的。但拒絕的真正原因是因為——我是個過客，是會離開的。會離開的話，就我自己而言，便不想嘗試那些有可能會沉溺的東西。

我是一個有好奇心的人，然而在好奇心之前我擁有自己的安全感和界限。這個世界上的許多東西，可以知道它的全貌，卻沒有必要親身經歷。

他不置可否，大概是覺得這是很平常的事，包括那些高到脖子的按鈕和在街角不時會聞到的腥草味都不值一提。我感覺到他走進了一個我無法想像的生活。

我忍不住想，會不會有一天，故鄉那些我們都已經習以為常的事物，對他來說都是不能忍受的荒謬？

記得大三的那個晚上，他跟我說不想活的時候，我才知道他是喜歡男生的。

然而和他交往的男生是個雙性戀，受到家人的反對，承受不住壓力，在畢業前夕認識了一個新的女友並和他分了手。

最後他和現在的伴侶到了荷蘭定居，這是一個同性婚姻合法化的國家。在這裡，他擁有他想要的正常與自由。

然後我想，大概是的，他應該無法理解我為什麼仍會待在故鄉，這個在他眼中極其荒謬的城市。他遠離了出生地，甚至遠離了他的家人，為的就是尋找這一種故鄉缺乏的自由。

因此我們都分道揚鑣，散落到世界的各隅。時而跑到天上，時而潛入海底，告別那個留在原地的故人，不再是共享同一個頻道和時區的存在。

「也並不是有多熱愛這個世界，每個人活下去，不過是因為想將那些腐爛的生活翻篇。」

想要活下去所以便要告別，而活下去，就無可避免地會遭遇更多的告別。

但那樣的告別，也很好。會孤獨，但不寂寞。

卡繆說過：「我離開你並不會感到幸福，可是人並非需要幸福才能重新開始。」

可能未來的生活並沒有多好，也一定會有傷心的事，但至少比起這一刻困在原地的我們來說，那都一定是產生更多可能性的地方。

「人不能兩次踏進同一條河流。」沒有一樣的逆境，沒有一樣的日全蝕，也沒有一樣的背叛。

幸福的人不是永遠不會失去，幸福的人，是永遠能夠重新開始。

到了今天，我仍走在告別的路上。我滿心期待與你的告別，並祝福你擁有你想要的生活。即使我走遠了你的世界，也不要覺得人間冷淡，也不要覺得我們的牽絆是虛假的。

因為親愛的，所有人都是會離開的，只有你自己一直都在。

你就是你自己最好的陪伴與見證，但只要你願意，你無法欺騙自我。什麼才是真正的自由，怎樣才是想要的愛，甚至是快樂的途徑，只有你自己才知道。

——只要在告別的時光裡，我們每個人都認真活著。

那麼天涯海角，真誠的人永遠都不會走散。

／幸福的人不是永遠不會失去，

幸福的人，是永遠能夠重新開始。／

工作與書寫

我每天都會在機上遇到不同國籍的客人和同事。事實上從關上機門的那一刻起，飛機便成為一個狹窄的空中密室，會發生許多無法預料的事情。無論是職員之間還是與客人都需要透過不斷地溝通，表達自己的需求和想法，才會得到一個大家都滿足的旅程。

我天生內斂又害怕採取主動，所以從選擇這份工作那一天起，我便深感自己是個自虐狂。

但要不是因為這份工作，我應該會變成一個被困在自己世界內的獨裁者，缺乏生活感的填充，又被自己敏感的情感所控制，最後眼內處處都是痛苦，容易被芝麻小事所震碎，又會被名為理想的颶風吹得更加空虛。

所以我喜歡這份工作帶來的麻痺感，那是中和悲傷的解藥，同時亦多虧了這份工作催促我往外走，才能擁有這麼多刺痛又溫柔的感受，時而被感動得一塌糊塗，時而極度理性自律。

有些讀者說我浪漫，我不敢承認。

如果說書寫時的我有多浪漫，那麼工作時的我就有多現實。

我就像是個分裂的靈魂。假如需要我堆積出華麗詞藻、充滿破碎感的文字，我可以寫，也確實寫過。然而另一邊務實地活著的我有時看到這些文字，都覺得這是與現實生活失聯的無病呻吟，那副堅韌的外在就會忍不住去攻擊敏感柔軟的內在，質問那些看不見的傷痕的證據。

即使我幸運得不需要為三餐煩惱，工作依然給我一種踩在平地的安全感，就像是從高處跳到混凝土上那種帶痛的實感會讓混沌的人一下子清醒，於是難以捨割。同時工作後的疲勞帶給我一種虛脫，那樣的麻木讓人不用思考、只想沉睡。

有些人熱愛工作，不一定是喜歡工作的內容，而是喜歡工作時專注、工作後的虛無，我亦是如此。事實上工作時我並沒有太多不切實際又細膩的念想，也無法每次都帶著溫柔的心去面對所有人，只是想盡力將自己的任務做好。我甚至能將敏感的閥門關上，心底是一道銅牆鐵壁，就算被人責罵都能以笑容回應。

這些被迫堅強又堂而皇之去工作的理由，為我屏蔽了生活上大大小小的噪音與傷口。

有同事說過想像不出我是能寫出那麼多文字的人，我也覺得自己不像，我也說不出自己為什麼能寫出來，說不出到底是感性的我扮演一個無情的勞動者，還是無情的我在扮演一個敏銳的作者。

整整三年的疫情幾乎沒有工作的機會，困在香港的那段日子教會了我一件事：

如果只聽見自己的聲音，那麼再溫柔的人都會發瘋。

——✦——

我不喜歡主動的交流，但我不會討厭工作時不斷與人交流的我。因為我是被迫的。

這些年來，世事與工作不斷打磨我最外層的稜角，早已使我學會如何跟不同性格、年紀與國籍的人相處。我能意識到自己成長為一個相對圓滑的人，知道什麼時候，面對什麼的人需要用怎樣的詞彙去表達。狡猾一點來說，若要迴避某些負面結果和保護自己，應該怎樣用措辭去潤色，這些我都被迫學懂。

工作上交流的本質很多時候都是給予和索取，我能給你什麼幫助和情報，又需要對方怎樣的示意與配合，極為巧妙。而這種交流又會因為職級上的不同而有表達上的技巧，向上和向下的表達中，可能會夾雜著討好與權威的語境，這種語意便是人情世故，只能觀察和意會。

這些都是工作教會我的社交性，同時具有濃烈的人性。

有些人不恥這些技巧，可我覺得很有趣。因為一千個人心目中就有一千個哈姆雷特，同一件事情被不同的人表達又會有不同的詮釋。當中的差異，會讓你看穿一個人是否真的良善，有哪些人是大智若愚，還是強作聰明。

千人有千面，能給出過百種的想法。見多了人以後，會發現世上任何事都總會有面對它的方法。在四萬呎高空的飛機上沒法逃避，總有人要迎頭趕上去解決。種種都是值得學習的人生經驗。

有時在機上遇到一些真的很合拍的人，又會感恩對方走到一個與自己同頻的位置，深知這種同頻不會持續地同軌，是因為只會在密室裡相處十多個小時，以後難再相見，所以人會放下很多戒心，反而能說出許多真心的肺腑之言和忠告。

我在機上見證過許多故事，有些是無聊的日常、有荒唐的笑話、有的是悲傷的遺憾，亦有讓我忍不住落淚的感動。試過有一次從法蘭克福出發的航班，全機滿座，十幾個員工等待候補機位，最後只有兩個員工能夠搭坐機組人員的空座位。一位休班機長坐在我旁邊的機組座位，半夜時分，他高大的身體蜷縮在這張摺疊的座位上休息，我拿著幾張毛毯遞給他，問他為什麼非要上這班滿員的機。他說他已經是留到最後一刻才從慕尼黑動身離開。我從他的口音猜測，問他是探望家人嗎？

他說是的，他去見他的兒子的最後一面。

然後在幽暗的飛機廚房裡，他給我看手機上他兒子的照片，一張滑過一張，從童年到少年，到昨天他們在病房的合照。

在飛機上的每個人，都自有他前往和歸去的理由。

這些理由，會從每個人對話中的隱喻或不經意的舉動中揭露出來。沿著這些隱喻，我能解構出對方的性格與過去，補完那些沒有填滿的對話。那些都是萬呎高空之中我們互相賦予彼此了解自己的限時權利，又抑或是種聊以慰藉的遊戲。

想像出來的浪漫，抑或是浪漫的想像，都是糧食，都在餵飼自己枯燥的靈魂。

我身在其中，像個觀察者，亦是個參與者。

我終於知道我為什麼喜歡這份工作，因為書寫的道理，也是一樣的。

有人問過我寫書時是怎樣的面向，到底是為誰而寫，又因為什麼而寫。

我的確寫過一些偏向讀者喜好的文字，但後來發現這些文字都挾帶著自己的喜好。如果是自己沒有興趣的題材或文體，我是一點都不會嘗試的。其實大部分作者都是種自我滿足的生物，我亦一樣。我用觀察世間得來的素材寫成文字來餵飼自己，記錄生命中有過的感動與傷悲、失敗與自勉，只是恰巧地這個過程得到其他人的共鳴。

書寫時的我是比較霸道的，只是盡力地坦露自己的人生，沒有過分理會旁人。讀者看到的雖然都是我單方面的表達，但是你們會思考，會分析這些字句對你的價值觀有沒有影響，與你的人生又有沒有過重疊或對比。那些都是我寫下的文字流向你們的過程。

文字是條半透明的紐帶，由你走向我的記憶，再走向你們的內心，偶爾扯一扯，好像會扯下可愛的眼淚與笑聲。

是的，書寫的目的不是為了其他人，只是為了自己，閱讀也是一樣。

白先勇先生說過一句話：文學不是為了文學的動機，文學永遠是你自己生命一個人的獨白。

每個人閱讀，可能是為了從萬千字海中尋找那些代辯的獨白。那些無法組織的心情，就讓作者替你們說出，同時有那些無法體現的人生，人與人的關係是否真的存在美好的結局，都在那些書頁當中，讓人去發掘、見證。

書寫與閱讀都很私密，是一個吞吐的過程。有時會懶惰也會猶豫，因為表達和吸收都是一件有負擔的事，如果完全沒吸收或者完全將自己表達出去了，那剩下的都是空蕩蕩的自己。

寫下過的文字均是我對這個世界的紀錄，偶有想像後的修正，也算是種祝願。真實的世界比它們殘酷百倍，也比它們溫柔百倍。只要我繼續活著與思考，那麼我想，我會一直寫下去。

—— ✦ ——

若你和我一樣曾留意過，會發現由歐美回亞洲的飛機大都是在清晨降落的。

做完早餐服務後大約是凌晨五、六時，我喜歡在這個時間點望向三萬呎的窗外。每當看到泛著墨藍的深海之上亮著一盞又一盞螢火蟲般的海燈，便會知道自己正在台灣海岸附近。也通常是這個時間點，天空與海面會被水平線下緩緩冒出的太陽烘出一片流金般的紫霞，模糊了天與海的一線分界。

永遠就在這些瞬間，我看到世界為我撕開一個缺口，讓我有機會從現實生活中探頭而望，在近乎凝固的時間之中看見壯麗浩瀚的景色，被我記下。我知道自己不過是一介蜉蝣，剛好在這浩瀚之間飛過。萬物與我無關，卻願意為我饋贈感動。那些海上漁船的燈火是為生活而點起的燈光，點燃起心中的波瀾。一盞又一盞的光芒，那是生活的燈火點亮人間，也是靈魂的火光照亮著疲憊的我，想引我對話，或者以柔和的沉默去填滿失語的自己。

這就是這份工作給我的溫柔，許多許多的人與他們的故事，與我遇見過的不同燦爛景色。

這種現實生活餵養的是我向外的肉體，而肉體豢養著的是我向內的靈魂。身體和內心像兩個互相背靠彼此的劍者，面對同一個世界，彼此缺一不可。

所以現實的是我，浪漫的也是我。

書寫之間沒有太多浪漫和真相，有的只是這一點點的溫柔。

工作也是，沒有太大理由的，但我喜歡那個堅定又充滿未知的自己。

我們都是上下求索的劍者，在刀光劍影的生活裡，等待一抹溫柔的天光。

便已足夠。

回家部

一

「第一個春天包括了太多清晰的東西，苔蘚玫瑰、孤零零的藍色鳶尾和我窗下的牡丹。」

——奈保爾

遇見你，是在那年的東京。在大學的第二次社團，留學生和本地生混坐在一起互相交談，組織每週五下課後的聯誼活動。扇形的教學廳內，有相同喜好的學生早已圍在一起，飲酒會的人討論著要去哪間新發現的居酒屋或者是卡拉OK，其他成團的甚至有麻雀部和遊戲中心部。「國際交流」，這就是本社團的宗旨，嘗試以客觀的詞彙粉飾所有娛樂的念頭。

我有點無聊地坐在角落，上星期和我一起去唱卡拉OK的女子團今天好像走到飲酒會那邊了，可是我不愛喝酒。因某些關係，我平等地厭惡所有醉酒的人，而日本人飲酒其中一個目的就是為了喝醉，以及醉了以後的所有行為。

於是我躲在角落，希望待到解散時間就能潛進人群中離開。

「是回家部嗎？」

一把像是在動漫裡才會聽到的聲音朝我擲來，清越明澈，掃走了這個角落的灰暗。

我抬起頭看了看身邊沒人，確認對方是在跟我說話後：「應該是吧。雖然我以為這種東西是初高中才會有的。」

「你知道嗎？」你用手指了指自己，又指向我：「存在即是合理。」

你對我說了你的名字——ハル。

Haru

那是一個在日語中，與春天同音的名字。

我回說，我叫kok kok，為了方便發音，日本的朋友都叫我ココ。

「要不一起走吧？」你對我說，語調輕鬆得像是這是理所當然又自然不過的事。

從那天起，我們就成為了「國際交流社回家部」僅有的兩個部員。

準確點來說，你是部長，我才是部員。

我跟著你穿過學校庭園和數不清的教學樓，你告訴我哪些課值得選因為很少點名，又告訴我食堂哪一個套餐比較好吃，圖書館哪一個座位是最舒適的自習位置。

後來的我想起，當時的我喜歡與你說話，應該是因為你對我沒有目的性。

其他日本男生都讓我感到強烈的討好感和表達慾，每當靠近就能察覺他們想要示好的行為，以及想要發展什麼的企圖。

可是你沒有，那天的你對我只是好奇。單純的好奇。

我對你或多或少也存在好奇心，因為你的確是個很矛盾的人。

你從小在美國長大，能說流利的英語，你卻擁有與其他日本人無異的外貌與名字。只有當你和我一起取笑日本人的木訥和不變通時，我才驚覺你和他們是不一樣的。

你說自己在日本出生，六歲時父母離婚後你跟著父親到了美國生活。高中畢業後，你選擇了回來這個熟悉又陌生的家鄉。這裡的人和你說著一樣的語言，你卻擁有不同他人的內心。那麼的熱情，不想受到一點點的束縛。

那一年東京取得了二〇年奧運會的舉辦資格，你對我說，如果東京奧運會上美國棒球隊要和日本棒球隊決戰，就算被判叛國罪也會支持美國。

你眨著那雙經常對我亂開玩笑的眼睛，那一刻我卻知道你說的是真心話。

你並不是那種在電視上常常出現的濃眉大眼長相，但我總覺得你擁有一雙遠離這個海島、屬於廣闊大地的眼眸，常常居高臨下地看待身邊唯唯諾諾的島民，看穿他們的偽裝。你說，在這個國家，愈無禮的人會用愈繁瑣的敬語，愈簡單的程序就必須要有複雜的步驟——

「為了讓沒有能力的人都能勤勞又幸福地老去。」你笑著說。

我想你說的，可能是對的。至少當時與現在的我都認為，這個地方依舊是這個模樣。

日本人是一個處處都是界線的民族，在本地人眼中，大概我們這些留學生和海歸生都不屬於這個城市，然而你比我更糟糕一點，你的名字就是烙鐵般的事實。當我們去到需要排隊的餐廳，要寫下姓氏等待叫號，通常都是你來寫的，因為你的名字比較易唸又平常。

每次我在一旁看著都覺得，是你輕輕地寫在紙上的姓氏，緊緊地捆綁了你的一生。

「下一位客人是——」

被店員喚到姓氏的你，能夠立即戴上那個血源賦予的面具，在回頭的瞬間換上一副真誠的面容，客氣又謙遜地對待每個人。你可能不願意承認，但你骨子裡始終懂得如何做一個滿分的日本人。

你是天生的演員，演著無法擺脫軀殼的人生。

後來不只週五，有課的日子我們都會抽空在校園碰面，聽說大三的你已經沒有那麼多課要上，你卻還是會在校園中出現。和你走在一起，都會遇到男男女女與你打招呼。會說流利英語的海歸子女在日本還是不那麼罕見的，我旁觀著你身邊的喧囂。而你就像一尾魚般靈活、順滑地游走在人群之中。

「果然很受歡迎嘛。」我常常調侃你，你卻沒說什麼。

朋友這回事，有時就像自己的勳章，你不在乎它們的模樣，只在乎收集了的數量。

二

「春天是沒有國籍的。」

——北島

魚也是沒有家的。

你曾經在醉後對我說，你也找不到家的方向。那是我第一次原諒一個人在我身邊喝醉。

你不只一次問過我為什麼要來日本。我說是因為喜歡日本文化，一直想要試試日劇般的生活，但實情或許不過是我想擺脫過去的生活。如今的我承認現實和我想像中是不一樣的，比如我討厭日本人的不變通與深藏於底的傲慢。

但我依然享受在這邊的生活，這是我和你不同的地方。

你問：「比起故鄉，你覺得在東京有活得更自由嗎？」

「有的吧。其實無論你去到世上任何角落，都會有不自由的地方。但這種不自由也是過去我不曾擁有的，選擇了它的我，其實也算是獲得了一種新的自由吧？所以視乎這一刻，你要選擇體驗哪一種不自由而已。」

你不置可否地笑了笑。

我與你有許多不同的地方，比如我不是那種選擇後會容易後悔的人，就算後來得出的結果不似如期，我都不會追究那個在最初邁出一步的自己。我習慣只在乎此時此刻擁有的事物，要是決定放手了，就不會浪費時間去臆想過去的我要是能活在另一種可能裡，能有多幸福。

不幸的人到達哪種未來都會再次選擇不幸。相反亦然。

你不同，你會後悔，甚至帶點怨恨。

雖然你沒說出來。但我能從你對這個城市的嫌棄與蔑視之中感受到濃烈的掙扎。我沒問過你為什麼要留在日本，然而從你受歡迎程度，以及迅速拿下工作內定的速度來看，我明白了。

因為留在這裡生活的你要發光發亮，是多麼易如反掌的一回事。

你有著加州陽光般充沛耀眼的自信、一口流利的英語、知名私立大學的學歷、細心且敏銳的視野以及毫不拖泥帶水的行動力。身攜海歸精英人設的你，即使家人和真正懂你的朋友都在地球的另一邊，重來一遍，你還是會留在這個你能輕易地脫穎而出的故鄉。

一粒種子會選擇開在適合生長的肥沃土壤，還是選擇被種在乾涸的沙漠？

許多時候我對你的掙扎都表示不解，那些明明都是你清醒下作出的選擇。你困於兩個國家的觀念與文化之間，不斷徘徊的同時，其實也充分享受了兩種身分帶給你的光環不是嗎？

你的痛苦，是源於你太貪心了。

你選擇了享受這一邊的光芒萬丈，卻對另一邊的自由念念不忘。你捨不得放下這些故鄉給你的優待。

你什麼都要。

可惜我們每個人都只活一遍，成年人應該知道，在你選擇這個現在的同時，你就放棄了過去，也放棄了另一個未來的各種可能。

「很貪心呢，ハル。」我們在某間連鎖餐廳吃完午飯，抽中了五等獎，可以從不同顏色的鎖匙扣裡面挑選一個，你卻兩個顏色都想要，說明天也要來抽獎。

你理所當然地點點頭：「是啊。」

或許你應該像你名字一樣活著。

ハル。

春天啊。

你是只屬於春天的所在，便應該在春天盡情地盛放。不要亂了四季，跑到夏秋冬肆意地盛開，不要永遠將目光放在遙遠的彼岸，不要總是回望，亦不要總覺得自己還未足夠。

ハル，你知道嗎？

春天予萬物生機，櫻花惹人憐愛，都是因為它們都只開一個季節。

三

「不要再想那出發的地方，風偷走了我們的槳，我們將在另一個春天靠岸。」

——顧城

人們都說日本人交朋友會功利化地衡量對方能為你提供什麼利益，又會不時審視自己能給出什麼價值。這一點我是認同的。與他們交流，總是會費盡心思地想要付出什麼，於生活中，也總是接收他人過多的善意，受寵若驚後會感到沒由來的疲累。

例如你知道我需要練習日語的機會，總是耐心地糾正我的日語文法。可惜那些日語都是日常生活常用的詞彙，卻不是考題裡會出現的範圍。離開日本之前，我參加了日語能力的N1考試，結果得到一個不差但絕對說不上好的成績，與我的期望大相逕庭，但也算是符合了畢業的要求。

「難不成你是故意的，」你又拿我開玩笑：「想留下來再唸多一年？」

我苦笑沒說話，像極了你一貫想終止話題的反應。

日語中存在一大片表達的灰色地帶，像是一片永遠還在抵達的海洋。說話的人在海裡泅泳，吐出所有的句子都緩慢地在海底模糊漂浮。聽的一方往日光穿透的水底裡不斷打撈斷句，拼湊出不同形狀的語句，猜想所有晦澀的、浪漫與殘酷的可能。猜錯了，便如浪花般潰退回大海，輕輕攪拌便可以戳破泡沫般的遐想。

你永遠靈敏地襲來，狡猾地撤退。

所以我們誰都沒有說過喜歡，沒有超過防線，卻也沒有拒絕靠近。

我知道你不曾厭惡我，大概你也是喜歡我的，可是你也喜歡所有有趣的可愛的美麗的人和事。就像這個國家的其他人一樣。

有很多的喜歡，但沒有唯一的喜歡。

你也成為不了我的唯一。

我對你說過我的興趣是寫作，可惜我寫的中文，你不會看懂全部的細節。偏偏我就是一個會為細節流淚的人。

你叫我為你翻譯，我搖搖頭。因為我一直認為世上不存在最好的翻譯，人與人的悲喜本就不相通，字義或許可以找到相似的替代，但是語境和含義怎樣翻譯都始終存在無法填滿的隙縫。那些語意的留白，全寫上了寂寞和遺憾。

於是你看不懂我寫的文字，聽不懂我衝口而出的語言，既沒法參與我的過去，大概也不會插足我的未來。

在真正的悲喜面前，我們都只能啞口無言。我們只有這虛幻的，轉瞬即逝的現在。

但「現在」還剩下多久呢？

我還是會離開的。正正是因為你和我都一開始就知道，在三百天以後我會回去屬於我的家鄉，所以才能無所不談。

人是因為有了期限，所以才會在那期限之前盡情放肆。

我和你都有那麼一些瞬間靠得很近很近，卻在下一秒就發現，彼此隔著一層透明的膜，即使能看清對方天生的缺陷，我們誰也不能真正改變對方。

我曾經以為你希望我為你帶來改變，可是你錯了，我不是來拯救你的。而你也拒絕任何改變。

在我離開日本的一個月前，我們最後一次的部活，最後一次的回家路上，你漫不經心地望向校門那棵快要落完花瓣的櫻花樹，說：「吶，我等你下次回來。」

我沒說話，看著那棵沒有去年開得燦爛的櫻花樹。你不會叫我留下來，我也不會回答你的暗示。

——回家部的人全都是膽小鬼。

當初真正想要回家的話，為什麼還要去回家部呢？直接回家就是了。我們不過是在找一個理由逃避，找一個人一起數落這個世界。

既不想參與這個社會，但又害怕被遺棄，於是在適當的時候出現在人群裡，為了被人看見，引人注目，被人拾起。

你在等什麼呢，等一個人能將你拉出這個巨大又虛偽的社會？等一個人來告訴你是屬於哪一邊的人，抑或是看看哪一邊的你更有優勢，更能舒服地生活？

你享受你的兩面人生，而我只想找到一個專心一意，能夠好好看向我的人。

可能我也是狡猾的，享受你的溫柔和沾上旁人羨慕的目光。但是我不想成為幫助你找到自己的道具，不想成為那些被你試過後發現不適合的途人。我們都知道彼此是不合適的，你選擇靠近後站在原地，而我選擇遠離。

最後一次的社團活動，道別前我對你說：

「ここには春がいた。」

「這裡有過春天？」你輕笑：「文法錯了吧。」

我搖搖頭。

在我心中默唸一遍。

——ココにはハルがいた。

在我心裡，曾有一個你。

ハル，我回到家了，你也回到你的家了吧？

可惜我們回的，永遠是不同的故鄉，不同的家。

你始終活在那一年東京蓬勃盎然的春日裡，是我途經的一場春天。

記憶中的四月鶯飛草長，於明晦交替的樹底下有過破土而出的浪漫，你飛散，成為一個明媚的春天。

但是夏天一到，你便會悄然無聲地消失。

無法擁有的那些人，都被我釀在回憶裡，像我不喝的那些酒一樣，冰冷地凝視著泛滿人間的暖意。

你像是陰翳的和室內那個被時光沾濕又沉澱過的銀器，在月夜下發出溫柔又悲傷的光芒。而我是追求芬芳與日光的蝴蝶，飛到春夜裡歇息，卻始終眷戀溫熱的陽光。

有些人與事在生命中出現，就是個幸福故事的開端，可有些人出現，你從遇見便看見了結局。還是會偶爾夢見，夢中的你朝我揮揮手送我走到下一個遠方。那一年的你，讓我安然無恙地從一個城市的春天，抵達下一個春天。

多年以後，等到我在故鄉老了，銀鈴般溫悅的春色仍然會在我殘破不堪的血管中響動，提醒著我在青春的尾巴，曾有一個人送我回家，回那個不會有他的家。

我們的目的地不同，只是那一瞬間交疊的命運，讓我們伴陪過彼此一程，走向各自的歸途。

回家吧。只要有家在，回到那張熟悉的床上，再迷惘的人都總有清醒的一刻。

致破碎
的十首詩

不如
長得慢一點

你呀

不要肆意生長

一條過長的髮絲

最容易被人輕輕拔去

途 中

我不斷
打開一齣新的電視劇
一本新的書本
卻幾乎都沒有看完過
我不喜歡抵達終點
喜愛開始時的幸福
也享受戛然而止的自由
和你的時間也是一樣

我喜歡半途而廢
多於完成的美

輕輕地

我愛你

像北極熊拚命抱擁餘落的冰塊

又如禿鷹欲親吻大地上的蒲公英

對不起

我愛過什麼

什麼就變得破碎

糧食

愛是人的糧食。

但愛情，有時只是零食。

冷知識：人不吃零食也不會死亡

飛翼

你對我的愛

像是給小鳥裝上了鐵造的飛翼

原意是更持久地飛翔

但結果是引向死亡

不是每種愛都堅強

柔軟和緩慢

也可以是愛的真相

熄滅

親愛的

有時候

自己灰暗就行

真的沒有必要去吹滅別人的燈

見面

你知道嗎

我已經見過很多人的最後一面了

但我為什麼還在等待

與你的第一個遇見

最差

曾經我以為

遇見你時的我是最差的我

我燃燒時光　拚命追趕

為了配得上後來的你

但當歲月熄微　於灰燼中我回首看

才發現當初我遇見的那個你

已經是最好的你

那時的你說過想和我去看煙花

直到今年

我拿著給自己的煙　與給你的花

看著你　奔向下一個他

風箏

你說你想離開我

如風箏一樣自由翱翔

可是你知道嗎

風箏能夠身輕如燕地在蒼穹飛翔

都是因為有一個人願意為它守在地上

長髮

寂寞的人都應該留長髮
悲傷時就會彷彿
有人為你吸掉滑過側臉的淚水
寒冷時搭著你顫抖的肩膊
快樂時輕吻你美麗的臉頰

下次在街角遇見那個人時
也彷彿有人遮擋你的視線
長髮比你聽過所有刻骨銘心的承諾
都有用

輯四／

我望向星辰大海

雲層之中我望向星辰大海
尋找你的定位
請宇宙為我們作億萬年的見證
願以你我此生漫長的旅途
抵達彼此所在的繁星

Nocturnal

籌備婚禮的過程當中，因為雙方都很懶惰的關係，有很多事情都沒有所謂的執著，反正共同生活中並沒有什麼必要的儀式感。但關於結婚這件人生中預計只得一次的事，我還是有無法妥協的地方。

其中一樣，便是戒指。

新宿三丁目的青梅街道上有許多品牌珠寶店。讀書時放學我總會經過這條街，瞥見櫥窗裡絢爛奪目的鑽石與首飾。當年還是學生的我當然買不起，但是視線還是會被那些精緻動人的布置所吸引。

往事流轉在同一雙眼眸之中，十年後的今天我和他走進了那間婚戒專門店，是以前我沒有預見過的情節。

我喜歡閃亮亮的東西，那不是什麼女人的天性，只是因為我覺得生命那麼灰暗，起碼要身攜一點點光亮。

負責接待我們的店員是位優雅的年輕女性，她詢問我們的風格喜好，盡心地為我們推薦了幾款婚戒。這裡戒指每款都有它的概念與故事，每款都有獨特的美麗。但是我們試了幾款都沒有非它不可的感覺，直到店員拿出一款對戒。

對戒的名字叫Nocturnal——夜間的一切。

「夜間」之中，有代表北極星的女戒，與代表北斗七星的男戒。

北極星，是自古以來人類辨別方向時必要的參照，原因是它的位置正落在地球的自轉軸。漆黑的夜空中地球永不停歇地旋轉，其他星星都會隨著轉動，然而只有北極星，一直堅守在夜空中的正北方，只要找到它，便能知道方向。可惜北極星十分黯淡，不容易被人察看。

相反，北斗七星是天空中最大的星群之一，一直圍繞北星轉動，它的尾巴永遠朝一條直線指向北極星。只要找到北斗七星，便能找到它守護著的北極星。

因此女戒的線條上有七顆閃耀的配鑽，象徵北斗七星的呵護。

男戒的內則有一顆鑽石，代表對北極星的守望。

這款戒指的寓意便是，孤獨的北極星一直會得到北斗七星的陪伴，象徵二人如星星般互相照顧與守候，直到宇宙無垠的盡頭。

幾乎是聽到這個寓意的瞬間，我便愛上了整個故事。

我知道星星本身沒有故事，我愛的，是它想傳遞的訊息與我們的故事如此吻合。

我本是一個那麼黯淡的人，害怕風浪，喜歡停留在原地，而他永遠能夠找到我，一次又一次，將我從泥濘般的人間撈起、點燃，讓我找到發光的勇氣。

「星光默默陪伴著地上的旅者，而星光本身，也有星光的陪伴。」店員對我們說。

世人尋找自己前進的方向，而我們在途上，永遠尋找彼此。

婚禮以後，我們都盡量在生活上戴著婚戒。丈夫是個從不戴首飾的人，還不太習慣戒指戴在手上的存在感。

我對他說沒關係，這種不適，也是婚姻的一個模樣。

手指被時刻圈索住，連同這指間的不適與閃耀本身，其實並不是為了提醒你有束縛在身，也不是為了標示自己已被擁有，而是叫自己知道，你被婚戒另一邊的人同樣牽掛著，萬千人海裡，與他守護著同一個承諾。

而實現這個承諾的代價往往就像這樣，是兩個人共同生活的寫照：會有不習慣的穿戴感，有時會在陽光下發出的閃爍微光讓你感到放鬆，又會被它見證你赤裸的一切，也的確有被勒緊、感到不便的地方。

因為凡是愛過的，都必留下痕跡。

每晚入睡前護膚時會將戒指脫下來，看著指間的留印，我想，這便是我們的痕跡吧。

戒指並不會一直貼合你的身體，而是會隨著生活而變化。早上起床後手指腫脹，一天開始，指環勒得指間微微發疼。晚上指間的空隙變得鬆動，沾上水的戒指就容易脫落，要小心抓緊，才不至於遺失信物。

一切正就如婚姻本身，並沒有理所當然的存在，都需要自己調節、用心珍惜。

比起成長的痛，這留在無名指間的淺淺紅印，輕微得像吻痕，正正是我願意為愛你而付出的證據。

這個過程不盡是快樂，也有自己的勞苦。

「鑽石永留存」，不僅僅因為它的堅固，而是我們這麼用力將它保留，才能避免在生活中遺落，讓永恆本身，得以在我們指間，繼續溫柔地賦形。

結婚

一

致二〇一四年的自己：

我突然想起你，想到了十年前的自己。我知道現在的你正時常陷入泥潭般悲傷之中，再度無法自救。十年後的我回望十年前的你，明白此時的你明明擁有那麼多，卻總是被命運掠奪得一無所有。

你那個時候愛的人並不愛你，你被欺騙、被利用然後拋棄。你做得多棒也好，都得不到唯一想要的偏愛。他奚落你，甚至到最後都沒有給你一個好好的解釋，為什麼你對他這麼好，幾乎奉獻了一切，他還是不珍惜？你想不透。

可是世上有這麼多事情，本身就是毫無道理的。有些人也不配為你給出道理，你的定義不應該是這樣的他來給。

你覺得愛有什麼意義呢？愛過了，也不過如此。

你曾經以為當你一無所有，你便會獲得自由。

可是如今大片的自由橫躺在你面前，你卻失去了憧憬和願望。你懷疑一切，猶疑著要不要認識新的人，要不要開始新的生活，要不要鼓起勇氣承認自己如此失敗地被狠狠傷害過，然後再次面對這個千瘡百孔的世界。

又有什麼意義呢？

你即將結束在東京的留學，要回去香港了。

如果我告訴你，不遠的未來會有那麼平凡的一天，在放課後四ツ谷的月台上，就在你踏進車廂的那一刻，你會收到一個訊息。最初你以為是無聊的邀請，只是因為好奇而點進了對方的帳號。然後看見那個人是遠在倫敦的一個男生，他在你不熟悉的地方，用著對你來說全新的視角，拍下那些你都不熟悉的壯麗景色，彷彿在向你展現另一種性格、另一種人生。

那麼你會給予對方一聲回應嗎？

有時命運給你種種暗示，但決定要不要看懂的，只能是你自己。

此時此刻，我正在坐前往東京，準備舉辦自己婚禮的飛機上，想起了你。

手機內還保存著十多年前由東京回香港的登機證。如同這十幾年來每一次的飛行一樣，我不斷地一點一點地拾獲完整的自己。

你大概沒有想過，你曾經在東京失去過那麼多，而在十年後的這一年，在這一次返回東京的旅程中，我確認自己，終於要拼湊好最後一塊碎片——東京啊，這個你害怕過的城市，而十年後就在同一個東京，你要和你愛的人結婚了。

你幸福嗎？

我幸福啊。

而因為我現在幸福，我讓過去的你也變得幸福了。

往事便是這種荒誕的戲碼。曾經讓你死去活來的往事如煙，現在我看起來都能一笑置之。

親愛的，生活毫不容易，浪漫許多時候都只是一個華麗的口號，用浮躁的詞彙拼湊出自己脆弱的空殼，我們寧願為悲傷盡力地修辭，都不願用最樸實的步伐走出自己布下的陰影。因為我們害怕，當連那些熟悉悲傷都失去，便真的什麼都沒有了。

是曾經的你我，熱愛痛苦本身，熱愛歌頌悲傷。

但如今的我已經不是那個沉迷在昔日悲痛的女孩，不再慌張地為自己療傷，我學會由著傷口敞開，才能夠慢慢地往裡頭塞滿柔軟的溫和的敷料。

我希望你能夠學會相信的是，真正影響我們的不是「過去」的原因，而是「這一刻」的目的。

人生中最重要的，並非計較世界讓我經歷了多少幸福與劫難，而是如今的我決定，讓這份經歷產生怎樣的意義——所以還是會願意讓自己看得更多，想體驗得更多，才能擁有更多與幸運和幸福擦肩而過的機會，有願意去相信的勇氣。

今天看到一本書上寫著這麼一句：

Anything you're good at contributes to your happiness.

你擅長的一切，都會助你幸福。

你的青春，後來教會我一件事：這個世界並不是當你一無所求，便能擁有大片自由。這樣的自由是荒蕪的，不過是長滿野草的一片荒野。我學會擁有發現幸福的能力才是真正獲得自由的關鍵。當我慢慢找到自己擅長的領域，嘗試去學習，就會發現世上的善意與溫柔會圍繞著你的生活，正默默為你打開前方的道路。

親愛的，這十年讓我遇見過很好的人，也遇見過不壞也不好的人，更重要的，是它讓我抵達現在的自己。

但這樣的我，也是當初那樣的你。

請相信我，你是幸福的——我願穿越十年的歲月，在此刻時光的盡頭，向你確認這一切。

二

婚禮當天，早上六點便要開始準備，我並沒有那些激動的狂喜，但從起床那一刻起我便清楚地知道這一天自己是幸福的。這種淡淡的喜悅，正坦然而充實地包圍著我，給予我一種平靜的餘裕。對我而言，幸福便應該是這種泰然又淡雅的模樣。

我們將婚禮地點定在東京，原因是在我心中，東京是我重生的地方，而他是我重生後第一個與我釋出溫柔的人。如今我在東京結婚，我希望人生中所有象徵幸福的開始，都在這個城市發生。

由於是在異國，實在不願打擾太多親戚朋友的工作與生活，最後只邀請了少數能夠撥冗出席的親友為我們見證。他們都親身見證過我們這十年的起伏。同時因為足夠了解我們的艱辛，他們沒有抱怨過任何婚禮的安排，反而時常向我們提供協助。

這便是我想要的，一場充滿愛的婚禮。被所有人溺愛著的我們無需害怕有什麼不周全，我們用愛邀請大家前來，他們亦用著滿滿的愛回饋又滋潤著我們。

他們允許我、支持我，一次又一次地選擇自己真心鍾愛的事物，以及那個人。

準備行禮前的一分鐘，我和父親站在教堂緊閉的門前，有點緊張。

但當教堂的大門被打開的瞬間，管風琴的樂聲響起，我看見許多螢火蟲般的燈光在晃動，每位賓客都亮著手機上的閃光燈，為漆黑中的紅毯之路添起點點明光。

我牽著父親的臂彎步入教堂，能顯然感覺到手臂上傳來他微微震抖，我幾乎想要哽咽。為了能夠盡快康復出席我的婚禮，他是多麼地努力，甚至因為手術後暴瘦，西裝都不合身了，他都毫不在意。他在意的是能夠牽著我的手，將視為公主的女兒帶到另一個深愛她的人那裡。

在數十盞柔和而溫馨的光芒伴隨之下，我一步一步地走向十字架之下，那裡站著一個為我舉起相機的他，鏡頭對著穿著婚紗的我，咔嚓的一聲，將我拍下。

我笑了。他總是這樣，從開始到現在，一次又一次地為我舉起他的所有。

他的興趣，他的累積，他的理性，他的眼界。

他永不停下，沒有浪費過一秒鐘與我分開的時間，知道自己需要的是什麼，喜歡的是什麼，不想要的又是什麼，於是永遠能夠迴避愛裡面，衝動與無知造成的傷害。

可能便是這樣的一個他，稜角分明而內核堅定，讓我不曾質疑他給我的愛，能夠拼湊出怎樣的承諾與未來。

從十年前東京那行駛中的車廂，到後來我回到香港，他要回去英國，再到我要在不同的國家徘徊，然後不時飛回他的身旁。

這些路，我們走了整整十年。

十年漫長的時光，我終於走到你的身邊，與你並肩往後的歲歲年年。

你成全我的敏感，膽小與浪漫。我成全你的冷靜、堅毅與耐性。

生命中有那麼多遺憾，因為遇見了你，讓它們都變得值得。

在眾人的見證下，我們交換誓言，交換戒指，以及交換餘生相愛的權利。

我不知道婚姻對每個人的意義，但是對我來說，我與他結婚，不過是因為我願意用過去與未來去證明——

你是我每天堅定而唯一的選擇。

三

回到香港的剎那天還未全亮，屏幕上飛機底部的視像鏡頭被氤氳的霧氣纏繞，水珠不停爬上窗戶的玻璃，滑走，再沾上、再墜落。整個世界都是潮濕的，我們像是在海面躍出的巨大海鷗，飛往那片熟悉的海島。

我總是在這樣的時間裡再次確認，我想要的是什麼，需要的又是什麼。我們不斷飛行，飛過時間與國度，跨越腳下的人海，回到我們唯一的家。

一個有彼此的家。

有人問過我，到底怎樣才能確定要與那個人共度餘生。我說我說不出來。

說不出來是因為，這對每個人來說都有不同的答案。戀愛和婚姻，這兩者對一些人來說都不是必需品，同時有些人卻視之為人生意義。我兩者都不是，我只是覺得，如果沒有遇見這個人，那樣的未來、那樣的我，是不完全的自己。

有時我會想，我愛的到底是我想像中的那個人，是他本來的自己，還是喜歡愛人時為他付出的感覺，抑或是純粹享受被愛？

可能都是的，都有那些成分存在。然而還有的，甚至更重要的，是我更愛那個和他在一起的自己。

「我覺得現在的我很好。更重要的，是他讓我覺得，我值得這樣的好。」

一個對的人，會讓你珍惜現在，原諒過去，然後憧憬未來。

我想了好久我要怎樣描述步入婚姻這回事。最後還是決定用回我第一本書的名字——

願你從此，有我以後。

這便是我們對婚姻最大的憧憬與祝願。

／你，是我每天堅定而唯一的選擇。／

愛你如初

「世上最難能可貴的愛是什麼呢。」

不是相濡以沫，不是歷經劫難，不是互相成全。

而是永遠，我愛你如初見那天。

生活是髒的

同居生活開始以來，直至婚後的如今，在家務分工上我都是負責洗衣服一項的。說起來，我並不抗拒涉及「清洗」的家務，例如洗碗、洗浴室和洗衣服。可能是洗走污跡這個行為本身就會帶給我滿足感，當看到豐盈的泡沫帶走一切發黃的漬垢，剩下發亮或發出香氣的表面，像是連身心靈都能得到洗滌，有種復原到最初狀態的治癒感覺。

漸漸我熱愛清洗一切，新冠期間更是任何東西買回來必定要洗或抹一遍，有點走火入魔的程度。疫情結束後，我的潔癖已改善不少，但我還是喜歡洗東西。尤其是衣服，哪怕只是外出穿過一遍的衣物都必定要用洗衣機洗濯。

不經不覺洗了兩年的衣服，過去甚少穿白色T恤和工裝長褲的我最近察覺到，丈夫的衣物在我日復一日的清洗下逐漸發黃和變舊。

我這才發現，原來白色也是可以褪色的，鮮明的皓白變成帶灰或藍、暗了一度的白色。儘管我已經將白色的衣服集中清洗，不會夾雜其他顏色的衣物，但還是看得出洗過多次的衣服會變得灰暗，失去本來的柔軟和蓬鬆的毛線感。

後來丈夫對我說，穿過一次的衣服，尤其是牛仔褲不用立即去洗，可以再多穿一遍才清洗。

以前的我聽到丈夫的話應該會不能接受，但現在的我漸漸意識到，世上任何關係也像是如此，矯枉過正又何嘗不是一種酷刑。

——如果污垢是傷害，那麼頻繁的清洗，本身亦是破壞的一種。

有次跟同事聊天，她說她的丈夫到現在回到家還是會將脫下來的襪子到處亂丟，另一個同事說她老公在交往初期還會接她下班，現在？踢也踢不動他。

我不禁點頭笑笑，因為完全可以共情。而我沒有問出口的是：「那他也一定有讓你對這些缺點甘之如飴的優點吧。」

因為人習慣先看到污垢的部分，而看不見人與事一直以來的色彩。

有些人會覺得親密關係中萬事必須要完美，不能有一丁點的委屈，或者接受不了熱情漸淡，要以當初的標準過日。但是，當象徵純粹的白色都有分明與暗、有褪色的可能時，你又怎能要求天天相伴的人光亮如新？

走進柴米油鹽的日常，會發現大部分關係都是不完美的。

結婚後有一段時間我很情緒化，我愛挑起丈夫沒有做好的職責，比如垃圾桶明明滿了他卻不會主動丟掉，浴室用完的洗髮水或沐浴露的空瓶子也只會待在那裡直到永遠。

後來一個比我年長許多的朋友對我說，你不能「等待」對方察覺你想要他做的事，也不要用責備的方式去提醒。你先要接受他就是那麼一個人，與其指責他的本性，或者質疑他為什麼這麼簡單都不做，倒不如直接「告訴」他要怎樣做，然後誇張地讚賞他做得很好，並且只有他才能做得這麼好，讓對方有一種非他不可的使命和成就感。

許多時候，親密關係中對方的表現可能無法達到我們理想的標準，但如果要計較清楚，清算這些年來退步的表現或者一直沒有做好的地方，像要清淨所有污垢一樣，那麼換來的不會是一塵不染的關係，而是滿是傷痕的彼此。

我開始變得容許污垢的存在，容許生活中出現那些凌亂和缺陷，容許我愛的人偷懶。因為他也不介意我偷懶，算是扯平了。我接受現在染上一點點不完美的愛情，接納它最新又最貼近現實的模樣。

或許兩個人要走過餘生，重要的不是追求完美，而是找到平衡。所謂的婚姻，有時是指用合適的方式度過兩個人的生活。

生命很短但生活很長，生活是髒的，我們都是髒的。在宇宙的永恆裡，我們其實都是微塵，也是星塵本身。

有人愛你的純白，也愛你的灰暗。

純白和灰暗都是斑斕形成時，不可或缺的顏色。

交給時間

時常會有人跟我說失戀的感受抑或他走不出來的痛苦，並問我有什麼方法。

每到這個時候我都很想用「時間會平息一切感受」來回應，但這聽起來太過俗套，不容易為人所接受。我通常都會加上其他修辭，但本意都是，只要你認真生活，這段感情並沒有你想像中的那麼海枯石爛、堅不可摧。

十年後，你大概不會再記起一點。就算記起了，都不會影響你的現況。至少不會影響你明天依然要早八上班的事實。

我明白每個人對自己的感情都有種特別的珍愛，一場盛大的開始自然想要有盛大的落幕。但我還是很想告訴你，真的，時間會平息一切，將你抽離這刻的不甘與委屈，你甚至可能會想遮掩這些無故終結的情感，將它們抹走。或者是，你感謝有過這些告別，才將你指向後來許多的人與事。

我青春的黃金年代大約在十至十五年前，我為一些人流過淚，臆想過許多浪漫的可能，寫下過一些煽情的字句，如今看來像是陌生人的字，我與當時的自己早已失聯。

被時間馴服並不是什麼可恥的事，甚至可以說，這是一件多麼幸運的事情。現在的我熱愛自己的善忘，並珍而重之，它使我忘記許多煩惱，也只能集中活在當下的每一個剎那。

所以將一切都交給時間——是很老套俗氣的方法，卻是最真誠有效的祝願。

失去，不是人生中最重要的事，更重要的是擁有。

更準確來說，是擁有過。那時你才能明白，空空如也不代表什麼都沒有。

當你懂得擁有過的悲喜，明白對於真正愛過的事物，不用放在手上才能珍惜。放在心中才能時刻擁有。

於是選擇放手，當你放下，才能真正永遠地擁有。

我們都是遺跡

每一個開始
不過都只是續集
而情節豐富的書
永遠是從中間看起

——辛波茲卡

對年月的感覺變得遲鈍是由二十六、七歲開始的。衝破某些年齡的關口以後，對年齡便再也沒有太大期望或失望，因為發現周圍許多三十歲的人會做出不像三十歲的荒謬行為，包括自己。每個人內心的年齡永遠匹配不上真實的年齡，連年月逝去都似是虛度。有一些人渴望年輕，我不一樣，可能是家中老么的關係，我總是渴望長大，卻總是被保護著，心底裡也總是有個稚嫩的身影揮之不去。

這份幼稚的心性一直維持到兩年前，直到我發現父母都相繼生病了。

那一年我心中突然泛起一絲不安，覺得父母多年以來都沒有做過什麼身體檢查，於是便為他們安排了一次全套的檢查。檢查的結果很快出來，再經過多番的覆檢和化驗後——母親確診了初期的乳癌，而父親則是心臟三條血管都嚴重堵塞，需要立即進行心臟冠狀動脈介入手術。

事實上從醫學角度出發，父親的病情關乎心臟，自是比母親初期的癌症更要危及性命的。但他是個天生樂觀的人，加上他的兄弟姊妹都有心血管的毛病，他對家族遺傳下來的這個病並沒有太大驚訝。他甚至笑著誇讚自己，他的兄弟五十多歲時已經要做同類的手術，覺得自己七十歲才要做手術真是體質優秀。

母親則是相反的性格，她本就是個略帶悲觀又外硬內軟的人，當發現乳癌但又未確診是第幾期的時候，她幾乎就要碎掉了，凡事都要往最壞的方向去想，常常問我一些我亦無法解答的命數問題，我只能無力地給她正面的答案。

我面對一個病情較重卻開朗活潑、一個病情未定但心態快要崩潰的人——大概是這個時候，我才發現自己真的長大。就算有還未長大的部分，也在一夜之間迅速生長，甚至近乎枯萎。

那段時間我陪伴他們會診，聽取醫生的判斷和建議。最困難的部分，其實不是在醫院漫長的排隊、等待，亦不是要付昂貴的診金，而是每一次，我要獨自一人為父母下各種間接或直接影響他們健康的決定。因為只有我能聽懂醫生口中所說的醫學名詞，也只有快速運轉的腦袋，才能聽得出醫生埋在容觀資料下的隱喻。

事實上以我父母的經歷來看（為了爭取更多治療時間，我們決定往私立醫院就醫），除非真的危急，否則一般情況下醫生是不會為我們下任何決定的。要不要做手術，做選項以內哪一種檢查和手術，都得由病人和家屬自己判斷，醫生盡可能會給出數據上的意見作參考，而你總會害怕自己的父母會是數據之外那幾至十幾個百分點的意外之一。

年邁的父母自然不懂，或者會因手術的費用而猶豫，繼而盲目選取最基礎的選項。這時候我便是那個為他們在短時間內分析及解釋的人，決定有什麼檢查是可以節省的，有什麼則是要完成的。有時候還需要我記住醫生所說的種種事項，回到家中再複述給兄弟一遍或幾遍，才可下某些最重要的決定。

那個幼稚的我深埋在體內，被我緊緊地按住，有那麼多個微小的瞬間，我能感覺到她想要逃離。我無法誠實地說我打從心底願意面對這一切，但事實是我根本連讓自己猶豫逃避的須臾都來不及臆想，時間便把我往前推，推到父母的身前，阻止時間將他們帶走。

在生病的父母面前，健康的子女便是他們最安心的後盾。

所以我裝作冷靜，比誰都冷靜。在多次的診症中，我明白時間緊張加上醫療資源不足，醫生無法也實在不容許為病人們提供情緒價值。護士們會迅速報出長長的藥單和注意事項，我接下那一疊又一疊的資料，再為下次的覆診確認自己與父母的時間。言語之間總是將謝謝和不好意思掛在口邊，即使那是個語意錯誤的對答，並不存在有道歉的需要。但是人在醫院，不知為什麼就是會變得卑微起來。大概是因為你是最沒用的那一位，不比醫生和醫護人員學識淵博，也不比病人脆弱，你只是一個心裡累透的人——但在這個地方，又有誰是不累的呢？

每個人在這裡只能互相比較病情和痛苦，從那些較輕的痛楚中找到希望，找到堅持下去的戰意。

母親的治療方案是比較簡單的，先做一個手術將疑似含有癌細胞的組織全都抽取出來，然後進行一個多月的電療，往後再繼續觀察。儘管如此，這也花光了母親所有的氣力與勇氣，面對術後的疤痕和大片的瘀血，同是女性的我，對這些恐懼亦身同感受。

父親那邊則經歷過幾番波折。由於公立醫院未能給出一個確切的手術日期，父親三條淤塞的血管猶如計時炸彈，我們心急如焚，便決定向一個心臟科聖手求醫。

—— ✦ ——

終於到了手術當天，我和哥哥陪伴父親入院，扶著父親的病床，送他進手術室。

我看見恍如電視劇般的場面，在有各種儀器的手術室內，醫護人員分成兩排站在主刀醫生的背後，主刀醫生向我們簡單說明手術的流程，著我們到手術室外面等候。

我和哥哥挪開僵硬的腳步，剩下父親一人在手術室等待麻醉。

然後不過半小時，一名醫護人員走出來，請我們到監察室。

我們心感不妙，一回到剛剛的監察室，便看見主刀醫生從手術室那一側的門扉走出，他半舉起雙手停在胸前，兩隻袖套都染滿鮮血。

然後，他對我們說了一番解釋，大意是：「經過最新的顯影，我發現你父親的血管鈣化程度較高，血管容易受損，再來便是血管堵塞的情況比之前嚴重，即使做了今次手術，可能不出五六年血管又會再次堵塞，所以可能要考慮進一步的治療方案。當然如果你們想堅持的話，要我繼續進行手術也行。家屬要盡快決定，到底是要中止還是繼續這個手術。」

連我也聽出醫生的言外之音，他說了很多可能性，每一個都會牽涉到更嚴重的併發症。而他的語氣，亦隱晦地透露出他認為這個只能治標的手術並不值得冒險。

我其實是感謝他的坦誠的，但那一個瞬間我感到無比疲憊，從沒有這麼累過。

活到現在我都沒為父母下過什麼決定，卻竟然要在這種關頭，在父親還躺在一牆之隔的手術室之時，為他下如此的決定。我看著頭頂上的屏幕正顯示他跳動緩慢的心臟剪影，更看著醫生手術袖袍上的那些父親的鮮血，而我們就站在這裡無計可施，束手無策。

我和我哥互相交換眼神。那一個瞬間我明白了兄妹之間的默契，竟然不用言語也讀懂了對方的意思——我們決定放棄繼續進行手術。

如果只是自己的未來，我為自己作什麼決定我都不會後悔。但是父母的不同，事後若有什麼差錯，我都會怪責自己的無知與愚鈍。我們再三向醫生確認父親的情況是不是還有從長計議的餘裕，他說是的，寧願做一個更有效的手術也不要做一個容易做的手術。

父親醒來之後，我們告訴他手術沒有完成。他沒有太大失望的反應，也沒有憤怒。我再次慶幸他樂天的性格，他可能不會知道，這樣的性格為我卸去了大片壓力。

最後經過多番轉折與安排，我父親終於在我婚禮前的三個月，成功完成了心臟搭橋手術：先是從腿部拿一條替代的血管，然後將胸口開膛，把新血管連接到心臟主動脈。

手術後父親的康復進度良好，雖然是瘦了一大圈，但精神無恙也算是肯遵從醫囑服藥，似乎是因為他真的害怕會錯過我的婚禮。大概最好的治療方案，永遠是一個人源源不絕的希望以及天生樂觀的性格。

—✦—

後來父母的醫生們都雙雙告訴我，未來要注意心臟問題，而乳癌亦有遺傳的可能性。其實從父母生病的時候我便已經知道，他們的今天可能會是我的未來。我們一脈相連，此刻他們承受著的一切，似乎正在呼應我的未來。在遺傳學上那些攜病的基因好像更容易被留下來，這是人類繁衍必然會遭遇的沉痾，經過幾多代也好，都會有基因中無法抹掉的疤痕。

我彷彿預見了自己未來可能的模樣。有時甚至會想，父母正在承受的病根可能正在我的身體發芽，吸收我的養分與我共生，又在不斷分泌恐懼與懦弱，我卻對那些根部下連接著的溫柔與愛無法抵抗，只能一併接受，那就讓它們互相中和，滋養著生命的後續。

事實上自新冠過後，心臟時常會突然揪痛。不知道是因為我不健康的生活作息還是長新冠的後遺症，心胸會容易鬱悶，有時又會感到心跳不律。看過醫生，但亦只是告知沒有異常。只好靜待更大的疼痛降臨。

擺脫不了的事，如果是在不知道的情況下將它們帶到下一代的，那便唯有坦然接受。我沒有埋怨，深知既然接受了父母和善與優良的部分，那麼那些埋藏在底下的暗色隱喻，都不可狡猾地迴避。

有時會對自己的身體感到抱歉，對於自己的健康，我竟然沒有太大的重視。有倦怠的部分，亦有無力的感覺，因為從父親的家族我可以觀察到的情況是，他們無一能夠擺脫心臟的毛病，視乎的只是時間和輕重的問題。

我看見父親的笑容，知道心態是唯一的良藥，再來便是更多的運氣。

要是說長大為一個人帶來了什麼，我會說，帶來了不少的疼痛，毛病，急性或慢性的宿疾。我在變成一個更好的大人的同時，也發現自己是一個逐漸靠近時間盡頭的人。然後再次意識到我只是個平庸的人，平庸地上班工作，平庸地結婚，平庸地生病，平庸地醫治，最後平庸地死去。

在這些平凡之中，我彷彿發現了自己到底是誰。

——我們都是一座座遺跡，是來自父母的、先祖的、未進化以前的品種的，甚至是宇宙的遺跡。

每個人都身攜著萬年以來蘊藏在基因中的記憶，走向個人無法轉圜的淪歿。你被血肉以下遠古的詛咒和祝福所捆綁，此刻身上無用的缺陷，可能是曾幾何時的進化。它們跨越萬年的時光，沿著命運的脈絡找到你，在生命的荒漠裡把你鑿成又一座遺跡，然後你親身繼續將這些痕跡傳承下去，到無法見證的未來。

到最後我明白，老去，只是變回一個人的過程。

活到幾十歲，身體就會出現各種徵狀。你逐漸找到屬於自己的缺陷，領取一個人的號碼牌，然後就要面對自己逝去的過程。無論身邊有沒有人陪伴，那都是只有自己能夠面對的時間。屆時只有你才感受到，那顆玻璃珠滑在生命的邊角處，是在何時何處終要墜落。

如今我還在往前走，但開始不會去看日曆，由著時間慢慢地流走。平常對於喜歡的書，都不會從頭開始讀起，反而更享受隨意打開瞥見的劇情。就算有一天發現自己突然憔悴、長出更多的皺紋也沒辦法，就似是那些故事一早埋下的伏線，終要在人生的中後段浮現。

為了舉行婚禮而抵達東京那天，我乘坐的飛機剛降落到成田後，羽田機場便發生客機與小型飛機相撞的意外，一瞬間火光熊熊，跑道關閉。人到何處都逃不過天災、人禍、意外或命中注定，那就不如勇敢地衰老，即使帶著百孔千瘡的殘體。

年輕很好，但老去也不壞，這個過程到底是恩賜或是懲罰，視乎自己的心和能力。

那天看一本書裡面提到，最長壽的動物都是住在海裡的。

下輩子如果可以選擇，可能會想做一隻牡蠣，默默用粗礪的外殼包裹自己的脆弱，躲在海裡不理風波，慢慢地蜷縮著，在角落靜靜地活。一生只用守著自己的柔軟，那便是全部的世界。雖然孤獨，又何嘗不是一種絕症，但起碼是自己選擇的病，有種熟悉的殘忍。

如果時光重來，能對年幼的自己說一句話，我會說——

親愛的，生命中會有許多人教你成長，但你自己，要學會老去。

我不在乎

我自認是一個情緒很穩定的人，我的內心不容易有波瀾，也不太有脾氣。我幾乎很少生氣，尤其是對與我愈少關係的人，我便愈能提高我情緒的閥值。

——情緒穩定的關鍵不過是因為，我不在乎了。

我不在乎對方的吼叫如何影響到我，因為我不想讓困住對方的情緒同樣困住我，於是能抽出身來看待大部分事物。

我不介意那些辱罵與猜疑，那些都是企圖將我扯下深淵的恐懼，但我不活在他人所建構的深淵裡。

我在乎的是我有能力做出改變的事情，而那些事情是不是處於我應該管、或者是值得管的範圍之內。

——不在乎是自私嗎？可能是的，但用情緒勒索讓你變成同樣悲傷的人，其實也是自私的。

就算是我愛的人，有時也無法與對方波動的情緒同步。因為我更想做的，是將情緒低落的朋友與戀人拯救。兩個人一起對罵或是痛哭，不會比一個人提出積極可行的建議有用。我也不忍心看見我愛的人沉沒在悲傷之中，而我束手無策。

有些人會問，不在乎就是沒有情感嗎？我認為不是的。我仍然會陪伴你，如果你想聽，我也會說出我的建議，只是我想，我們都不應該成為任何人的工具，陪伴只是為了說出他們想聽到的答案和得到他們崩潰後想要的結果——無論是有意或者是無意的。

我當然無法做到完完全全的不關心，但至少學會分辨什麼是有效的陪伴，別做了他人情緒的鏡子，僅僅反射出對方的悲啼，而誕生不出新的出口和改變。

情緒穩定的人不是冷漠無情的人，只是我擁有了選擇自己何時被人影響的能力。

親愛的，你或許和我一樣，依然心懷滿腔熱酒般的熱情，可是只能慢慢地暖著，只在自己真正需要的時候喝上一口，才能足夠支撐走過這個滿是劍芒刀影的世界。

／我要先在乎自己，

才懂得如何去在乎你。

正確地、有效地去在乎你。／

舊患

工作關係，右手腕自從數年前扭傷以後便一直容易疼痛。早些年看過骨科也做過物理治療，但是醫生都說這種傷要根治，只能靠我自己以後避免手腕過度用力，重物不要搬，姿勢亦要端正。

換言之，沒有任何藥物和手術有意義，除非我阻止繼續傷害自己。

偏偏生活和工作上的節奏會磨損這份保護自己的自覺。世上沒有讀心術，工作時，不會有人知道你身上隱藏的傷患，自己也不欲將這些不按時到訪的痛掛在口邊，但是任務時限、旁人的壓力和自己的僥倖心態，都會促使最後我用到那隻有傷的右手。

這就是生活的難題，作為成年人的自己要找到一個可以忍耐和不可死撐的臨界點，否則過了這個點，剩下的都是熟悉的痛楚。

母親最初發現癌症那一陣子，我陪她去一所知名醫科聖手的診所就診，等待期間我和母親拿著她的報告談話。旁邊一位病友聽到，表示母親這個病情問題不大，應該是很初期的階段。她說她十年前發現同樣的癌症，已經根治，但還需要每隔一段時間回來覆診，這一次亦是由加拿大回來特意檢查。

她語帶輕鬆地說：「其實每個人都或多或少帶一些毛病，只看那些病痛讓不讓你發現，以及你選擇要如何與它們共處。」

——人從出生起便不斷累積疼痛。生活就是在收集舊患。

死亡和傷口一樣，都是活著伴隨而來的代價，無法避免。你要是懼怕，倒不如懼怕活著。

舊患的存在提醒著我們每個人，都回不去最初的身體了。但是腦內的記憶、智慧和傷痕一樣，都正在增加，它們沉澱在傷口結痂的皮層下，到達體內更深的地方。

是教訓亦是成長，是意外也是挑戰。都是獨特而無法完整復原的人生。

最近割開的皮膚因為新陳代謝減慢而不再迅速癒合，我感覺到自己身體恢復的能力正在減退，一個小傷口可能要用上一個星期才完全癒合，傷疤在一個月後還是隱若可見。

我擁有了更多的沉穩，從容以及耐心去看待它們。

那些都是我生活過的勳章，受傷的剎那可能很匆忙，但是康復時可以慢一點、放鬆一點，亦可以選擇與傷口共存，它們也是你新的一部分。

——你已好好努力過，往後可以對自己溫柔一點。

不是時刻全力以赴才算是對生命負責。

你和我都將帶著一生的舊患，遠赴遠方的山。

迷茫是生活的主調

那一年的四月，陰霾包圍山巒中的半島，整個香港都被雨困住，我覺得自己就像那些雨水，頻繁地降落到這個城市，又匆匆從地面騰升往空中蒸發。兩週內我到達三個國家，多年來的飛行已讓我熟悉一切，包括那些辛酸和亮麗的部分，然而有時還是會茫然地想自己正在何地，又正飛往何方。

那一次又是一個夜航的航班，從巴黎到東京，我在商務艙工作。這裡的客人大部分在登機以前都在貴賓室用了晚餐，所以許多人一上機都選擇休息，只有數位客人仍在觀看電影或是敲打著電腦工作。

空客飛機有一個優點，那便是隔音做得比波音好，引擎的噪音大大被降低，深夜的客艙只會剩下各種機械與機體共震的聲音。黑暗中偶有幾個座位的電視屏幕亮著，發出幽幽的藍光。頭頂藍色的提示燈倏然亮起，我轉身踩在柔軟的地毯上，視線定位著遠方那盞亮黃的服務鈴，感覺自己似是深海中朝著漁燈出發的一尾魚，整個客艙便是我無比熟悉的珊瑚礁。

我來到相應的座位前，一位兩鬢銀髮，穿著格子襯衫的老人朝我點頭，舉著手中剩下冰塊的玻璃杯微笑，細聲禮貌地表示想要再來一杯酒。

我同樣以微笑回應說：「好的，W先生。」

我自然記得他的名字，這杯是他上機以來的第四杯Mojito。平常不是很多人會點這款酒，更多人會點Whiskey或Gin Tonic這些較大眾化的雞尾酒，所以我對這位客人尤其有印象。

我不飲酒，許多時候我都覺得自己是一個沒有感情的調酒機器，我亦不是一個調酒師，因為我無法根據客人的心情和狀態，調一杯讓他感到放鬆的酒。我只是照著指引，從酒車拿出需要用到的酒和材料：冰、古巴白朗姆酒、青檸汁、蘇打水和白砂糖，然後依照酒單的指引將它們混合。

就在那一刻，回想起那位先生在幽暗的燈光下也逐漸明顯的泛紅面頰，我還是轉了主意。

片刻以後，我來到那位客人的座位，放下那杯特調的

Mojito、一些餅乾和一杯清水。

「先生，為你的健康著想，」我用著略帶抱歉的口吻說：「我必須誠實對你說，這一次我將酒的比例減少了。然後我留意到你登機以來都沒有用過餐，所以為你準備了一些餅乾，希望你能好好享受這一切。」

「不要緊。」老先生聽後面露出一種從容，他額頭上的皺紋因為笑容而更明顯，整個人卻散發出柔和的氛圍：「謝謝你的好意。」

我還是再說了一聲抱歉。畢竟在工作上加入自己的主意有時不是好事，但出於對客人健康的考量，我還是選擇了這樣做。

「你知道嗎？這杯酒的主調並不是任何一款酒，所以你加減多少都沒有關係。」黑暗中他的聲音聽起來溫厚又平穩。

「回憶才是每杯酒的主調。」他舉起玻璃杯，到燈光下端詳：「你已為這杯酒加入最好的主調。」

我看向那冒起微小水珠的玻璃杯，冰塊在他輕輕的搖曳下發出咯吱的聲響，而乳白色伴隨著點點綠葉的液體，也在閱讀燈下發出晶瑩剔透的光芒。

可能是我調得真的很難喝的關係，剩下的航程，先生都沒有再點酒了。

清晨的時間飛機到達東京，窗外不斷輕敲的雨點顯示這又是一個下雨天。

乘客下機時我看見那位老先生收拾好行裝，擦身而過時朝我單眼眨了眨眼睛。

我微笑說再見，告別這位低調的紳士。

往後很長的一段時間都沒有再遇見過有人點Mojito，但每當要調酒，我總是會想起先生說過的話。

——回憶是每杯酒的主調。

偶爾會在每日不停往復的日子中，反問自己一個問題：

生命的主調又是什麼呢。

是快樂？以快樂到訪生命的占比來計算，應該不是快樂。

是孤獨？但是我的確被我愛的人包圍，也走入過許多人的生活。是平凡？在大片複製貼上的日常中，還是會在心底裡冒出一把小小的聲音，渴求著自己是獨特的證據。

我想，我們永遠都不知道這場生命的主調是什麼。

但那也挺好的。

如果一定要定義的話，我會說——迷茫就是這場生命的主調。

因為無法輕易定義，所以才想孜孜汲汲地去追求生活、去經歷更多不知道有沒有意義的事情，遇見許多只會見那麼一次、卻能帶給你靈感和啟發的人，就如那位先生。我不知道自己為什麼要在空中流浪，不一定是為了那些別人追求的理由，這也不是我一開始熱愛的夢想。我只是在等待那些讓我感到稍微有一點點覺得值得的瞬間到來，比如現在。

如此種種多麼瑣碎又尋常，我們就在這些迷霧一般的生活中被感動、被激勵，觸礁以後又重新懷疑自己，周而復始，編織成迢迢的日常。

是的，迷茫便是生活的大部分底色。但那並不是什麼可恥的事，是許多人正在勇敢嚥下的現實。只要願意接受世事落下的結果，將餘力放在如何調整看待人生的視角，多出外走走，聽更多的故事與景色，途經更多的不幸與幸運，最後就連人生海海都是一場有趣的探險。

踏出機外，我回到了陸地。雨仍在下個不停，沾濕身體與行李，行人都顯得狼狽。

但是，為什麼大部分人會覺得下雨天便是壞天氣呢？

雨天也僅僅是雨天，雨水並沒有錯，甚至是所有生命的必需品。一切附加的壞印象都是人類的臆想，讓雨天蒙上污名。

你也可以喜歡上雨天，喜歡上迷茫，接受生命中的軌跡。那麼面對這些冗長迷茫和回憶，也能報以從容的微笑，一如那位先生。

若人生如迷茫，我可以幻想枕著月亮細看夜色。

假如生活是大雨，就讓我們趁著這場溫柔的掩護，流乾所有淚水。

生活的主調決定你的生活嘗起來，會是怎樣的味道——今天的生活是灰色的，帶著清新的雨，生活乾涸太久了，這是我喜歡的味道。

你不必懂我的詩

我的婚禮上有一個環節，讓我們互相讀出一封寫給彼此的信。我給他的信第一句是這樣寫的：

我的先生，你什麼時候才會看完我上一本書呢？

瞬間全席笑場，我望向穿著禮服的他，正在不好意思地苦笑。

這是實話——如果說這個世界上有誰完完整整看過我的文字，那麼應該只有我的編輯，然後便是正在閱讀的「你」。我身邊的親人與朋友，都未曾對我的文字表達過獨特的反應，其中丈夫，他是陪伴我寫作的人，卻肯定不是最了解我文字的人，這一點我最清楚。但是我從不傷心。

我可能在寫作上曾略感孤獨，然而後來我發現，愛我的人，其實並不需要明白我這份孤獨。

我們現在的家，沒有電視機，客廳裡除了沙發茶几，就是放著兩張並排的書桌。有這麼多個夜晚我們就雙雙坐在自己的桌前，各自做著自己的事。

我坐在靠窗的那一邊，過去一年香港多雨，雨水會敲打窗戶，伴奏著冷氣機運轉的頻率，指尖敲打鍵盤的聲響以及他耳機漏出的音樂，各種聲音像透明的玻璃罩一樣包圍著我。我最喜歡這種時候，感到自由但不孤獨，眾生都寂靜，心中卻有一份輕盈的喧鬧。時間慢慢地走，墜入墨水般的夜色，我們遺失了要將心意吝嗇的念頭，什麼心聲都願意傾訴，什麼想法都可以提出，萬事皆可揮霍。

可是彼此之間還是會存在禁區，因為我們是這麼的不同。寫作時我喜歡寧靜，而他喜歡一邊聽著音樂或廣播一邊修圖；他喜歡廣東歌，我卻只愛日語與國語歌；我不喜歡外出，他卻永遠往外跑；我熱愛休息，他就覺得睡眠是對時間的辜負；我相信神佛，相信未知的宇宙，他卻堅信科學；我不懂他某些堅持，他亦不懂我的倦怠。

——於是我們都慶幸對方的不同，同時，慶幸對方不懂。

當人真的愛過才會明白，最愛你的那個人，不必是最了解你的那一位。

因為不懂彼此熱愛的一切，卻仍然尊重，就會明白對方的堅持是自己無法擁有的特質。他能無懼我的恐懼，用著種種與我相反的想法，將我從自困的牢籠中拯救，一次又一次地予我新的自由。

有時即使面對愛著的那個人，所有解釋都是徒勞的。

所以我不用浪費時間尋找你的認同。你肯不肯定也好，並不會、亦不應減低我對理想的渴望。

我也無法向你說明博爾赫斯的詩為何有一種涼薄的浪漫，為什麼我又會為無數虛構的小說情節而哭得眼腫。又幸好你沒有文學上的執著，我便可以向你坦誠，哪本萬人追捧的經典其實是我最討厭的。

因為你不懂。

就好比，就算你每天給我看你調完色的照片，像視力測驗一樣問我有沒有什麼不同，我還是看不出那些差異。

你叫我選哪一張更好看，有時我會厭煩，像個孩子一樣發脾氣說：「不知道啦，就算我選了這個，結果你還是會選你內心早就決定好的那一張。」你便會傻笑，然後第二天你還是會問我同樣的問題，彷彿成為了你的習慣，每天晚上你都會興致盎然地問我的意見。你說是因為我沒有既定的偏見。

即使我不懂。

有這麼多細節始終不能得到解釋，但這種無法對彼此剖白的脈絡，像一團亂蓬蓬的毛線球，不解開便是它最可愛的形態，你我都願意當成遊戲把玩。

親愛的，我可能早就明白，有些視角，是無論我們一起生活，一起旅行，一起變老，都是永遠無法共享的。

那是生而為人的孤獨，亦是一個人的狂歡。

愛情並不需要解剖戀人的全部，將彼此的生活透明化，然後讓對方全盤接受，強迫對方理解或同樣熱愛自己的工作與喜好。相反，真正的愛容許你有隱身的時刻，同時有喘息及摸索的空間，給予足夠的信任及自由，去支持我愛的人成為更好的存在。

所以我愛你懂我的部分，也愛你不懂我的那些部分。而即使不懂，你卻從來沒有否定過那些你不理解的細節。你支持我去做所有人都不看好的創作，永遠叫我選擇自己喜歡的事。是極度理性的你留給我所有的天真與任性，使你給我的愛情更見純粹。

哪怕有一天，有一個人拿著熟悉的句子接近我，讀懂我寫過的那些晦澀的詩，知道我所有的隱喻，他亦不會是我愛的那個人。我會害怕這種想要看穿我的企圖，心中拒絕被任何人理解的後果。他可能只是喜歡文字中那個坦率的我，可是你，愛全部的我。

有些人的靠近是為了征服，你的靠近，是為了治癒我凌亂又破碎的生活。

是你靜靜地前來，在我們的世界以內止步於我所在的島嶼，守在外面，不打擾我的潮起與潮落。我此生若是孤島，愛我的人便是汪洋，你不會懂我的領土上所有經歷過的痛苦與感動，但是在海底深處，我只願接受你溫柔的相擁。

就如這一刻，我在你旁邊寫下這篇文章，並不害怕你會跑來讀懂我。心中始終會有一塊小小的領域並不希望任何身邊人靠近，我為這種只對你生效的秘密感到安心。其他人不重要，但因為在意你的想法，有時並不想被你看穿我的脆弱。

如果我迫你看完這篇文章，理解能力不佳的你，可能會對我說：

「我不懂你，可是我依然愛你。」

但是笨蛋呀。

我愛你，是因為我不懂你。

你讀不懂我，我也看不懂你，我們還有那麼多無法理解的部分，可以花上一生去好奇。

你就像那遙望著北極星的北斗星座，遙遙地守護我的孤單，用光捂熱我，給予我一生的浪漫。

你不明白也沒關係，我將用一生來寫你看不懂的詩。

你繼續愛我便好。

什麼時候，你才能讀懂那些詩人埋在文字中的浪漫呢？

Per aspera ad astra.

「願以此生漫長的旅途，抵達你所在的繁星。」

你定是不懂的，但從你給我的愛當中，我知道，你其實都懂。

我看著指間那發出光芒的印記，深信，同時願意用餘生來證明——

我們是彼此一生，互相守望與正在抵達的星辰。

閃耀而雋永。

宇宙裡千億個原子漂浮在星塵與各個星球之間，而你我，皆是彼此生命裡，最溫柔的賦形。

——▫後記▫——

餘生中遇見的驚濤駭浪
都是宇宙中的萬丈星光

總結是一種很難的事情，自帶一種塵埃落定的篤定感，所以我並不擅長總結自己。曾經有人問，你覺得自己是一個怎麼樣的人，我答不出來。但在寫完這本書的今天，若有人問過了三十歲的伊芙是一個怎樣的存在，我會說，我是個溫柔而堅定的人——我溫柔地面對命運，勇敢地相信美好。

回顧到目前為止的旅途上，見證過太多有關悲與喜的分離。而如今的我明白，即使需要面對生命中的種種背叛與別離，這亦可以是一件美好的事情。

愛因斯坦說過，時間存在的意義，便是讓任何事情都無法立刻實現。

你要等待，你要見證，你要承受。

而我想，生命，便體現在這些時間裡面走向終結的每個瞬間。在走向終點的幾十年時光裡，要如何見證人間值得、怎樣面對世事種種不公，又要如何擁有看見美好的能力……

這些都是我一直以來在學習的力量。

摸索愛的各種形態然後進化成更豐富的靈魂，這便是成長。

一邊與愛對恃，一邊與愛恨結下的遺憾和解，度過每一天平凡的日常，這便是生活。

我跟世界上許多人一樣，在這些成長與生活的拉鋸之間不斷受傷。這十多年在不同國度工作、生活，被迫面對過生死，處理過親人和寵物的後事，亦感受過疾病在我所愛之人身上流連的種種折磨。無論怎樣熱愛這個世界，還是會被愛附帶的期望和價值誤傷，但我不會因為「所有美好都必會迎來終結」而質疑美好本身。

因為有終結，美好的時光才更見珍貴。

生命同樣，因有限期，才會產生無盡的恐懼和希望。

都是自然卻讓人容易忽略的真諦。

寫下這本書，便是想告訴包括自己在內所有脆弱的人，愛的可能與無能，以及它的美好與殘忍。愛穿插於不同關係、時間與國度之中，會有怎樣多彩或平凡的呈現，而我們又能如何去相信，愛，始終是生命中最值得追求的事。

你可以不和任何人談戀愛，但終生，你都要試著愛上自己。

然後漸漸明白，因為無論你有沒有被愛，你都應該是自由而美好的。

這個世界上有被愛拒絕的痛苦，也有因為愛而造成的傷害。愛人與被愛，很殘酷地，有時都無法稀釋生命中出現的苦難，但它能陪伴你去面對，去善後，去豐富虛妄的時間。

曾經有一位讀者對我說，喜歡我的文字，是因為我是一位不願沉溺於悲傷的作者，我如實地描寫悲傷，但從不停留在悲傷深處，文字的結尾總是有向陽而生的希望。他說，我一定是個樂觀又開朗的人。

當時我看見這段評價，不免有點心虛。因為現實中的我並不是永遠正面的，我會沮喪，也時常失敗和停滯，甚至以世俗的定義來看，我是個沒太大出息的人。

但我還是願意相信美好。

相信苦難也有它的美好。

我不是要強行解釋，亦明白有些苦難的發生並不存在意義。但經歷本身要如何詮釋，以及經歷過後的成長，均是我們自己的課題。每一天的麻煩、每件瑣事都是磨練自己的機會，既然它們要來折磨我的人生了，那我亦不要浪費，不如好好利用：

這一次被欺騙，下次便懂得分辨那些謊言。

被人唾罵過，對同樣的攻擊便會變得麻木。

遭遇過危難，就會獲得逃生的經驗。

此生要做個堅韌的對抗者，愈有猛烈的濤浪，便愈想推翻這個荒謬的世界，找到適合自己的裂縫，溫柔地鑽進去，放肆地發光發熱。

我知道自己未來還是會受傷，會陷入無盡的悲傷。然而感到悲傷不是我的錯，那是喜樂的對照，是生命的燃料。甚至可以說，我需要悲傷——但我從來不是一個歌頌和沉溺悲傷的人。我就好像一支不時蘸浸悲傷墨水的鋼筆，孜孜不倦地寫出溫暖的文字。我並沒有改變憾事的能力，卻有撫平傷疤的自由和勇氣。

這一本書算是我對十代與二十代生命的小總結，寫下愛，生死，亦有生活中必須夾雜的日常。這些年來我始終享受空中飛行的日子，記得試過從窗外看見過夢幻如畫的北極光，有時又彷彿能與星空觸手可及，到後來無法再飛翔，被迫墜落地上，變得失去生活方向。從來沒有說過，但過去這三年是我最低沉的時期，在那段時光，我努力從沒有盡頭的停擺中看出意義，卻沒有成功。

直到我讀到一段拉丁文的諺語——

Non est ad astra mollis e terris via

這並非星辰與大陸之間的坦途。

Per aspera ad astra

以此旅途，直達繁星。

那一刻，我被這段口耳相傳的文字感動得熱淚盈眶，也因此決定以它為今本書的名字。

我們每個人的生命本身，皆是媲美繁星的印記與歷程。

我終於明白為什麼人類永遠熱愛追逐星光，因為那便是我們每個人生命的寫照。用著自己的光芒記錄時間，燃盡自己來照亮不知名的旅者，即使自己也是流浪於宇宙間的一粒塵埃。遙不可及的星星，那麼渺小又不起眼的存在，被噬人的漆黑包圍，永遠無法觸及同類，孤獨，卻因孤獨而浪漫。

但是你知道嗎？星星最閃亮的一刻，是它爆發毀滅之時。當它發出的光芒傳到你所在的時光的那個瞬間，它已經不在。

原來最耀眼的星光，源自毀滅本身，源自終結的美麗。

那樣的光芒可以穿越星系，時光，距離，種族，溫柔地照拂每個生命。

我希望成為繁星般的存在。即使幾十年後我不在了，在步向生命終點的途上寫下過的一字一句便是我的光，我給出過的愛也是我的光芒。我希望抵達你，包圍你，擁抱你，想要告訴你——

如果你無法感受和觸及光亮，那是因為，你便是光芒本身。

請選擇相信光。同時相信你便是光。

我亦一樣，在等待你未知的光來抵達我，感染我，溫暖我。

生命大多暗淡平凡，但是每一天不管陰晴，穿越雲層之外，宇宙中星空的光芒都那樣璀璨。

我們用漫長而精采的生命見證，自己便是黑暗裡最耀眼的繁星。

餘生儘管需要走過驚濤駭浪，但請不忘抬頭看向夜空，努力抵達屬於你的萬丈光芒。

國家圖書館出版品預行編目資料

願你此生 終抵繁星 / 伊芙著 . -- 初版 . -- 臺北市
: 皇冠文化出版有限公司 , 2024.10
面 ; 公分 . -- (皇冠叢書 ; 第 5188 種)(有時 ;
25)

ISBN 978-957-33-4213-7 (平裝)

855 113014818

皇冠叢書第5188種
有時 25

願你此生 終抵繁星

作　　者—伊　芙
發 行 人—平　雲
出版發行—皇冠文化出版有限公司
臺北市敦化北路120巷50號
電話◎02-27168888
郵撥帳號◎15261516號
皇冠出版社(香港)有限公司
香港銅鑼灣道180號百樂商業中心
19字樓 1903室
電話◎2529-1778　傳真◎2527-0904
總 編 輯—許婷婷
責任編輯—黃雅群
美術設計—嚴昱琳
內頁照片—伊芙、Wilson Lee
行銷企劃—蕭采芹
著作完成日期—2024年6月
初版一刷日期—2024年10月

法律顧問—王惠光律師

讀者服務傳真專線◎02-27150507
電腦編號◎569025
ISBN◎978-957-33-4213-7
Printed in Taiwan
本書定價◎新台幣380元/港幣127元